www.mayabook.co.kr

동칠, 이제 정착기

동칠, 이계 정착기 ❺

지은이 | 가이하
펴낸이 | 권순남
펴낸곳 | (주)마야 · 마루출판사

등록 | 2008. 1. 7(제310-2008-00001호)

초판 인쇄 | 2009. 11. 3
초판 발행 | 2009. 11. 6

주소 | 서울시 노원구 상계 1동 1049-25 신영산업 BD 602호
대표전화 | 02-2091-0291
팩스 | 02-2091-0290
이메일 | marubooks@hanmail.net

ISBN | 978-89-5974-613-2(세트) / 978-89-5974-773-3
정가 | 8,000원

잘못된 책은 교환하여 드립니다.
저자와 협의하여 인지를 붙이지 않습니다.

동칠, 이계 정착기

5

가이하 퓨전 판타지 장편소설
MAYA&MARU FUSION FANTASY STORY

목차

제1장. 행방불명된 동칠 …007

제2장. 미치광이와 추격자 …027

제3장. 불의 정령과의 마찰 …051

제4장. 화염의 산 이스테라의 주인 …075

제5장. 레드 드래곤 페라쿠스와의 일전 …093

제6장. 엉큼한 삼식이? …119

제7장. 식구가 늘어나다 …145

제8장. 동칠의 결심 …171

제9장. 피의 성직자 …193

제10장. 영웅 납신다 …217

제11장. 동칠의 명령 …245

제12장. 동칠교와 마잔베르크 …269

제13장. 여기가 어디인고? …287

제14장. 새우를 구하다 …309

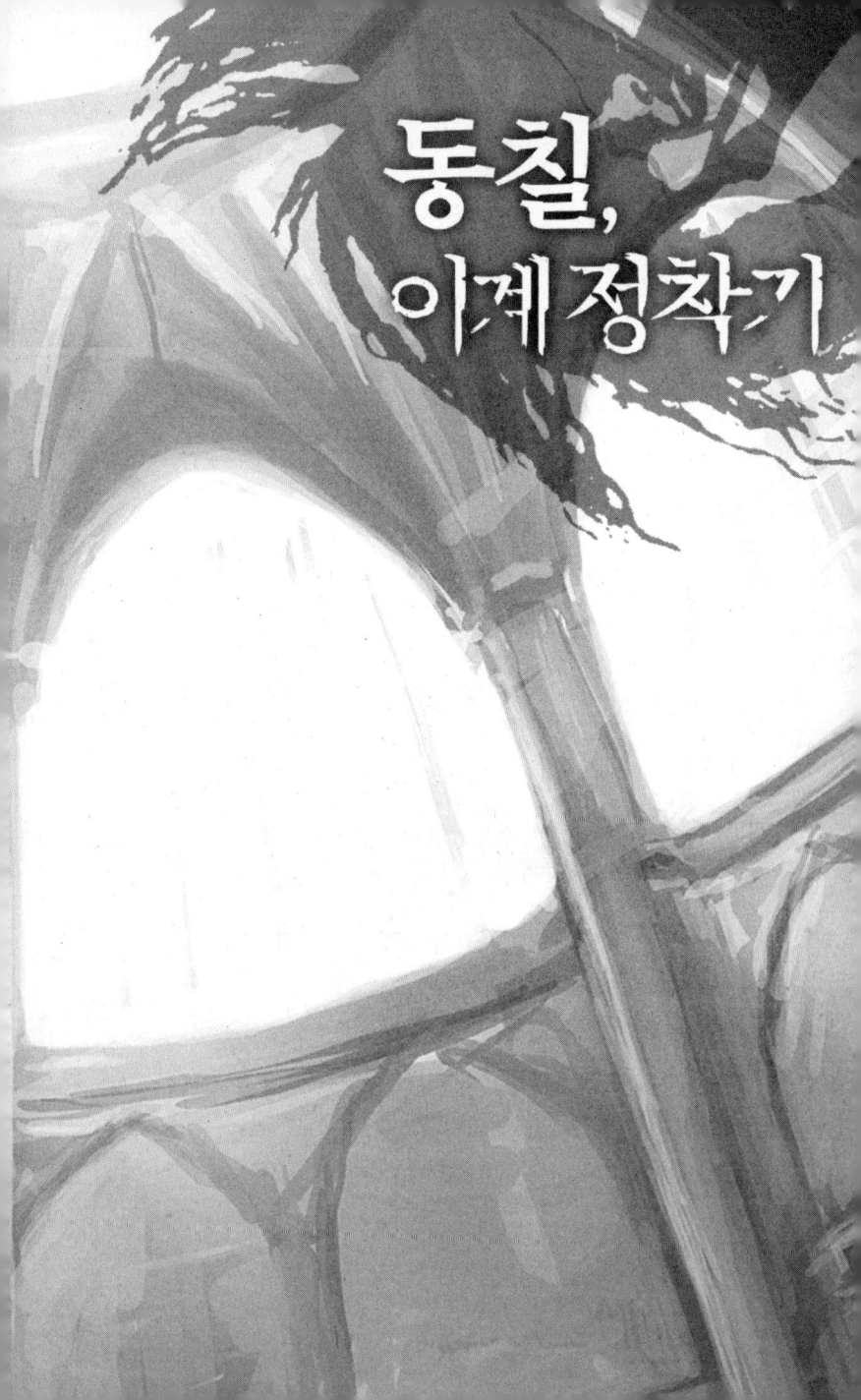

쾅!

우지끈.

식경 50센디미터는 됨 직한 나무가 한 번의 충격으로 부러져 버렸다.

이반은 눈을 크게 벌렸으며, 방금 대검을 휘두른 삼식의 입가에는 꽤나 만족스러운 미소가 머물렀다.

"이 녀석아, 베어야지. 부수면 어쩌겠다는 거냐?"

이반이 삼식을 꾸짖는 건 당연한 일이었다. 무기의 용도가 잘못되어도 한참은 잘못되어서다.

삼식이 든 무기가 대검이라고는 하나 엄연히 날이 서 있는 검이다.

하나, 우습게도 삼식은 이반이 지적한 그 부분에 대해 창피함이라고는 없는 듯했다.

"에이, 어차피 쓰러뜨리는 건데, 뭐. 자르는 거나 부수는 거나 그게 그거지."

괴로운 듯 이반은 이마를 짚었다.

"아이구, 골이야."

애당초 그에게 대검을 권한 건 근력의 향상을 위해서였지, 도끼나 해머 대용으로 쓰라는 뜻이 아니었다.

스승의 애환을 아는지 모르는지 삼식은 과신에 빠져 있었다.

"헤헷, 다음엔 바위를 부숴볼까?"

작금 삼식의 능력이라면 못할 것도 아니었다.

그동안 검술의 진전은 미흡했을지언정 마나 수련에는 장족의 발전이 있었기 때문이다.

삼식이 저 무거운 대검을 한 손으로 들고 나무를 한 방에 부러뜨린 것도 이 대검에 마나를 주입했던 덕이다.

이반도 그 점은 인지하고 있었다.

'나쁘게만 볼 것은 아닌가? 저 녀석이 축적한 마나의 양은 애초의 내 예상을 훨씬 웃돌고 있다. 불과 한 달 사이에 소드익스퍼트 중급 정도의 마나량……. 도대체 이런 상황은 어떻게 설명할 수 있을까?'

그사이 삼식은 앞으로 나아가며 거칠 것 없이 검을 휘둘렀다. 목표물은 땅 위로 튀어나온 모든 것이었다.

팍! 꽝! 퍼석! 우지끈!

돌이며 바위 할 것 없이 대검이 바수며 주위를 쑥대밭으로 만들고 있었다.

그곳에서 튄 파편 하나가 사색에 잠겨 있던 이반의 이마를 때렸다.

딱!

"이놈아, 뭐하는 짓이냐?"

불쾌해진 안색으로 이반이 소리를 질렀건만 삼식은 들은 체도 하지 않았다.

삼식이 제멋대로인 건 따지고 보면 어제오늘이 아닌지라 이반은 앓는 소리를 내는 것으로 화를 삭였다.

"끄응."

한껏 기분에 취했는지 삼식은 더 열을 올려 대검을 휘둘렀고, 그럴수록 주변 경관이 망가지는 일은 가속화되어갔다.

경관보다야 삼식의 검술에 관심이 있는 이반으로서는 바위가 부서지건 나무가 박살 나건 상관없었다.

그렇다고는 하나, 삼식은 어디까지나 무식한 힘쟁이……. 힘 말고는 내세울 게 없다는 말이다.

이반은 답답함에 터져 나오는 한숨을 어찌할 수가 없었다.

원래가 칭찬에 인색한 그다.

그나마 달라진 게 있다면 삼식이 배움에 열의를 보이고 있다는 점인데, 그 열의도 삼식의 없는 재능을 싹트게 하진 못했다.

 마나 수련만 놓고 본다면 삼식은 분명 장족의 발전을 거듭한 것이지만, 그것만으로는 강자가 될 수 없음을 이반은 누구보다 잘 알고 있었다.

 더더군다나 삼식이 맞이할 상대는 최강자란 이름으로 해결이 될지나 미지수다.

 '포기하면 편하다.'

 가망 없어 보이는 삼식을 보며 그는 끊임없이 그렇게 뇌까렸지만, 포기라는 게 말처럼 쉬운 것은 아니었다.

 결국 장탄식이 흘러나왔다.

 "후우, 이제 일 년도 남지 않았다. 참자, 참아."

 바트리어스가 얘기한 1년이면 모든 것이 판가름 날 것이다.

 삼식이 죽든, 마왕이 사라지든.

 그런 가정이 머릿속에 들어차자 이반은 막힌 가슴이 뻥 뚫리는 것 같았다.

 '비록 내가 죽는다 하더라도 후련함은 안고 가겠구나.'

 죽더라도 삼식과 함께일 테니 후련한 것이다.

 무리도 아니었다.

 부쩍 늘어난 주름살의 원인은 전적으로 삼식에게 있었으니…….

누구보다 속을 많이 썩인 녀석인 만큼 이반은 삼식이 죽는 모습을 눈앞에서 본다 한들 딱히 애석하진 않을 것 같았다.

더 이상 기대하는 건 욕심일 뿐이라고 받아들이며 이반은 무심한 눈을 들어 삼식을 보았다.

그리고 얼마나 흘렀을까……

이반의 눈매가 점차 변하기 시작하더니 급기야는 이채를 띠었다.

'저, 저럴 수가……'

슉슉! 슈슈슉!

무식하게 휘둘러대는 대검에서 바람이 불고 있다.

단순하게 부는 바람이 아니라 칼날처럼 날카로워진 바람이다.

그 증거로 대검의 사정거리에서 벗어난 곳에 위치한 풀잎들이 하나둘씩 잘려 나가기 시작했다.

그렇다.

그 어떤 잔소리와 타박에도 늘질 않던 검술이 이제야 진전되고 있었다. 삼식은 몸으로 이반의 검술을 터득하고 있는 것이다.

실상 삼식의 체질이 그러했다.

어렸을 적, 삼식의 부모가 큰마음을 먹고 삼식을 태권도 도장에 보냈지만 빨강 띠를 따는 것만도 남들보다 6개월이 늦었다.

그 태권도 사부가 삼식의 부모에게 농담조로 이런 말을 했었다.

삼식이 빨강 띠를 딴 것은 기적이라고!

수십 번을 넘게 가르쳐 준 태극 8장이었음에도 삼식은 심사를 볼 때마다 품세를 잊어먹곤 했다.

사부가 포기할 만했던 것이다.

당시 삼식은 그로 인해 삐뚤어졌고, 도장을 빼먹고 도복 차림으로 피시방을 찾는 일이 잦았었다.

그러던 삼식이 어떻게 빨강 띠 심사의 기준인 태극 8장을 해낼 수 있었을까?

바로 수백 번을 따라 하다 보니 저절로 터득하게 된 것이다. 머리가 익히지 못한 부분을 육신이 깨달았다고나 할까?

단지 그 경우뿐인가?

당구 또한 수없이 게임을 물려 가며 익힌 게 그다.

이처럼 삼식은 몸으로 하는 운동에 관해서는 머리보다 몸으로 이해하는 일이 다반사였다.

비록 더딤이 있지만 지금 삼식은 이반 자신이 기대한 그 이상을 보여 주고 있었다.

정말 지지리도 못난 제자가 깜짝 놀라게 하는 바람에 이반은 잠시 할 말도 잊었다.

한창 사방팔방 검질을 해대던 삼식이 뒤를 돌아보더니 물었다.

"스승, 어때?"

이반은 더듬거리며 답했다.

"조, 조금 늘었구나."

제 스승이 칭찬에 인색하다는 것을 아는지 삼식은 자조적인 미소를 짓더니 미련 없다는 듯 몸을 돌렸다.

그에 이반이 머뭇거리다 다가갔다.

"어떻게 한 게냐?"

"픗."

건방을 떠는 삼식에게 부아가 치밀 만도 했건만, 이반은 과민 반응을 보이지 않았다. 삼식이 까부는 건 어제오늘의 일도 아니기 때문이다.

대답을 기다리는 이반에게는 눈짓도 주지 않고 삼식은 대검을 땅속 깊이 찔러 넣었다.

콰.

곧이어 자신감 들어찬 표정만큼이나 건방 어린 목소리가 흘러나왔다.

"이제 좀 알 것 같아. 검술이라는 것 말이야."

거만한 태도에 미간이 찌푸려졌지만 이반은 굳이 내색하지 않았다.

삼식은 감정의 기복이 심한 편이라 아직까지도 싫은 소리를 들으면 수련을 게을리 하는 경향이 있었기 때문이다.

애써 태연함으로 일관하고 있지만, 솔직히 삼식도 놀라움은 있었다. 정말 검에서 바람이 일어나 풀을 벨 줄은 예상도 못했던 까닭이다.

일전에 마잔베르크는 삼식에게 고급 검술을 선보이지 않았으니, 이반이 떠드는 얘기들을 삼식이 허풍이라고 치부했을 만했다.

한데, 그 이론이 실제로 자신의 손을 통해 이뤄지자 이제는 스승의 말을 믿지 않을 수도 없게 되었다.

스승이 얘기했던 기상천외한 기술들이 금방이라도 펼쳐질 것 같아 삼식은 내심 흐뭇해졌다.

충만한 기분에 어깨에는 더욱 힘이 들어갔다.

자연히 대검을 누르고 있던 두 손에 힘이 더 실렸고, 대검은 깊숙이 땅을 찔렀다.

푸욱!

더 깊이 찍어 누르려던 것이 아니다.

하여, 대검이 이렇게 깊게 파고 들어가리라고는 예측을 못했는지 삼식의 상체가 균형을 잃고 흔들렸다.

"어?"

삼식이 의아함을 들춘 바로 그때였다.

푸화악!

졸지에 검은 액체가 발밑에서 솟구쳐 삼식의 얼굴이며 옷을 흠뻑 적셨다.

"푸우."

곧이어 두 걸음 물러서서 급하게 얼굴을 훔친 삼식의 손에는 새까만 액체가 묻어났다.

'이, 이게 뭐야?'

차마 입을 못 벌리고 의문을 품었지만, 더 이상 궁금해할 것도 없었다.

코로 스며드는 이것은 틀림없는 석유 냄새였으니까.

❋　❋　❋

으애애애앵~!

고음의 울음소리에 곤히 잠들어 있던 와룡반점의 종업원들이 벌떡 일어나 당황하기 시작했다.

"뭐, 뭐야?"

그리고 잠결에 들었던 소리가 만드라고라의 울음소리임을 알아챈 건 그로부터 수 초도 지나지 않아서였다.

그것은 건넌방의 데몬이나 샨, 그리고 드워프들이라고 예외가 아니었다.

심지어는 와룡반점 깊숙한 곳의 두 어르신들마저 천장을 올려다보고 있었다.

왜 그녀가 이 야밤에 우는 것일까?

통 레어 밖으로 나오지 않았던 드래곤 로드 셜루스를 제외한 나머지는 그 울음소리가 동칠이 누워 있는 방으로부터

새나온 것임을 어렴풋이 짐작할 수 있었다.

그리고 또한 그들 모두가 만드라고라가 동칠을 지극 정성으로 간호해온 것을 보아온 뒤다.

불안함에 드워프들과 와룡반점 사람들의 얼굴색이 까맣게 변했다.

"서, 설마……!"

각기 다른 방에서 이구동성으로 외치는 소리였다.

걱정이 된 나머지 종업원들의 방에서는 율카스가 자진해서 나섰다.

"제가 가보겠습니다."

선임 기사, 아니 이제는 맏형이나 다름없는 판테스가 고개를 끄덕이는 시간까지 기다릴 수도 없는지 율카스는 문부터 벌컥 열었다.

동시라고 해도 좋을 시간에 데몬의 방과 샨의 방, 그리고 드워프들의 방문이 열렸다.

서로가 얼굴을 마주쳤지만 함구했다.

그리고 가장 먼저 동칠이 누워 있는 방으로 접근한 율카스를 예의 주시했다.

드르륵.

열린 방에는 동칠이 없었다.

심각한 표정을 버리지 못하고서 율카스가 한걸음에 문지방을 넘고 올라섰다.

"무슨 일이냐?"

그러자 반쯤 걷힌 이불 앞에서 만드라고라가 닭똥 같은 눈물을 뚝뚝 흘리면서 서러운 음성을 내뱉었다.

"없어. 주인이 없어."

❊ ❊ ❊

어둠 속에 우뚝 선 인영.

사위가 어두워 사물의 식별조차 어려운데도 그는 두려움이라곤 없어 보였다.

오히려 이 어둠을 조롱이라도 하듯 스산한 목소리가 입을 통해 흘러나왔다.

"뭐가 다르다는 거지?"

싸늘한 시선은 발치 아래 누워 있는 남자를 향했다.

피범벅이 되어 있지만 호흡이 일정한 것으로 보아 쓰러진 남자는 생명에는 지장이 없는 모양이었다.

그도 멀쩡한 축에는 못 들지만, 그 뒤로 갈기갈기 찢겨 뻗어 있는 몬스터와 비교해볼 땐 상태가 무척 양호했다.

누운 자는 자신을 오시하는 인간에게 감히 고개도 못 들고 입만 열어 겁에 질려 떨리는 음성으로 항변했다.

"도… 도대체 나를 왜……?"

"…신물이 난다."

대답인지 혼잣말인지 모를 소리를 내뱉는 인간!

사람을 습격하던 몬스터를 찢어발긴 것도, 그 위험에서 줄행랑을 치려던 인간을 쓰러뜨린 것도 전부 그의 소행이었다.

남자는 그에 대한 의문을 더 늘어놓을 수 없었다. 그의 것으로 짐작되는 발이 머리를 짓누른 관계로…….

흙에 얼굴을 파묻고 있는 남자의 귀로 알 수 없는 소리는 계속 이어졌다.

"몬스터나 인간이나 똑같은 생명인데 저건 되고 이건 안 된다는 거냐?"

남자는 벌벌 떨 뿐 되물을 수 없었다.

그러나 딱히 대답할 필요는 없었다. 그는 밟은 인간에게가 아닌 자신의 내면에 질문을 던지고 있었으므로.

그때, 짙은 구름 사이로 달빛이 흐리게나마 드러남으로써 사내의 얼굴 윤곽이 드러나기 시작했다.

흑발에 작은 눈, 뭉툭한 콧대와 고집스런 입매는 그가 와룡반점의 사장 동칠임을 증명해주고 있었다.

그러나 동칠은 와룡반점에서 자신을 걱정하고 있을 이들을 떠올리지 못했다. 이미 염력에게 자아를 잠식당했기 때문이다.

그동안 음식도 제대로 섭취하지 못했던 탓인지 돌연 동칠의 고개가 몬스터의 사체에게로 향했다.

"갈증이 난다."

그리고 손가락을 들어올리자 처참하게 변한 몬스터의 사체가 허공으로 떠올랐다.

이윽고 손을 돌려 자신 쪽으로 끌어당기자 4미터에 이르는 몬스터의 사체 또한 딸려 왔다.

몬스터의 사체가 자신의 머리 위에 놓일 즈음이었다.

동칠이 가볍게 오므렸던 손가락들을 쫙 펼치자 몬스터의 사체가 다섯 부위로 분해되며 피의 비가 쏟아져 내렸다.

촤악.

동칠은 입을 벌리고 혀를 길게 빼어 쏟아지는 피로 목을 축였다.

꿀꺽꿀꺽.

몬스터의 생피 두 모금에 갈증이 가시기라도 했는지 동칠의 입가에 괴기스런 미소가 길렸다.

"피를 마시니 기분이 좀 나아지는군."

발아래 깔린 남자에게는 실로 소름 끼치는 소리가 아닐 수 없었다.

'제발, 제발 살려 주시오······.'

사시나무 떨듯 떨고 있는 인간. 그를 보는 동칠의 눈매가 매섭기만 하다.

'어째서? 같은 생명체일 텐데······.'

그는 원래 이 몸의 주인이 마음이 약한 건 주위의 영향 때문이라고 판단했다.

그래서 와룡반점을 떠나오지 않았던가!

무리될 건 없었다.

그는 신으로부터 이 육신을 지키라는 사명을 부여받은 것이지, 음식을 전파하라는 사명을 부여받지는 않았으니까.

남들의 사정 따위나 봐주다가는 제 목숨이 위태로울지 모르는 상황인데도 동칠은 매번 자비를 베푸는 우를 범해왔다.

그에 유약한 심성이 끊임없이 목숨을 위협해오고 있었기에 그는 더 독해질 필요가 있었다.

'네가 마음을 달리하면 그 드래곤 따위 두려워할 것도 없다. 지금이라도 약한 마음을 버려라. 이제부터 누구도 범접하지 못할 힘을 얻는 거다.'

자아를 가진 염력은 내면의 동칠을 타이르는 동시에 비수 같은 손으로 남자의 목을 노렸다.

한 번이라도 살인을 저질러놓으면 이후에는 수월해질 것이라는 계산이었다.

금빛의 안광이 유독 어두운 밤을 빛내고 있었다.

그러나 그의 인상은 지독하게 일그러졌다. 뿐만 아니라 남자의 목을 노리는 손은 부들부들 떨렸다.

은연중에 이 몸의 주인인 동칠이 거부 의사를 밝히는 것이다.

'크윽, 아무리 그렇게 발버둥 쳐도…….'

이윽고 손끝에서 섬뜩한 예기가 발출되었다.

피슉- 콰쾅!

땅이 파헤쳐지며 잔해가 사방을 어지럽혔다.

후두두둑.

하지만 유린당한 것은 애꿎은 땅이었지, 남자가 아니었다.

목적인 남자를 살해하는 건 무위로 돌아갔다는 얘기다.

귀신이라도 씹어 먹을 듯한 노한 얼굴로 동칠은 돌아섰다.

그가 멀어지는 그 순간에도 남자는 죽음이 목전에 있다는 느낌을 떨치지 못했는지 감히 고개를 들지 못했다.

얼마나 겁에 질렸는지 아랫도리는 흥건해져 있었다.

"사, 살려 주세요. 살려……."

남자는 자신이 몇 번을 애원했는지 몰랐다. 고개를 흙에 파묻고 있는 순간부터 쭉 그래왔으니 셈을 한다는 것도 무리였다.

그런 그가 공황 상태에서 빠져나올 수 있었던 건 동칠이 떠난 지 30분이란 시간이 흘러서였다.

"이보시오, 괜찮으시오?"

누군가 그의 어깨를 두들기며 안부를 묻고 있었다.

분명한 건 지금 들리는 목소리가 좀 전의 공포의 목소리가 아니라는 점이다.

재깍 몸을 뒤집어 확인한 목소리의 주인은 목소리만큼이

나 근심 어린 표정을 짓고 있었다.

 체형과 머리색부터가 다르니 안심이 될 법도 하건만, 방금 전 동칠에게 희생될 뻔했던 남자는 좀처럼 마음을 놓지 못했다.

 "그, 그자는 갔소?"

 "누구 말이오?"

 "사람의 탈을 쓴 검은 머리카락의 악마 말이오."

 남자를 깨운 사내는 미간을 찌푸렸다.

 그는 동칠을 찾기 위해 나온, 다름 아닌 판테스였던 것이다.

 이 세상에 검은 머리카락의 소유자는 흔치 않으니 어쩌면 이 사람이 지칭하는 인물이 동칠일지 모른다는 가정하에 슬그머니 기분이 나빠진 탓이다.

 그러나 판테스는 동칠과 함께했던 이제까지의 기억을 떠올리며 의혹을 일시에 떨쳐 버렸다.

 '사장님께서는 절대 그럴 분이 아니시다. 흔치 않다고는 하나, 없는 것은 아닐 터······.'

 지린내를 풍기는 남자와 말을 섞는 것도 썩 유쾌한 일은 못 되었으나, 판테스는 싫은 내색 않고 더 자세하게 물어보기로 했다.

 "어떤 사람을 보았소? 키가 얼만하오? 생김새는?"

 다그치듯 묻는 질문에 남자는 대답을 마다하지 않았다. 다만 그 내용이 불확실했다.

"키는 한 이 정도? 생김새는 잘 모르겠소. 워낙 어두워서……. 그리고 당신도 내 입장이었다면 그의 얼굴조차 쳐다보지 못했을 것이오. 간이 철렁 내려앉는 줄 알았소. 이제 와서 하는 얘기지만 차라리 쫓기던 몬스터한테 죽었으면 했다오. 어찌나 무섭던지……."

대강이나마 손짓작으로 가리킨 키는 동칠과 비슷했다.

그것만으로는 확실한 단서가 될 수 없지만, 판테스는 지푸라기라도 잡고 싶은 심정이었다.

"그는 어디로 갔소?"

남자가 눈을 화등잔만 하게 뜨고 되물었다.

"쫓아갈 생각이시오?"

"내가 아는 사람이 맞는지 확인만 해볼 생각이오."

"충고하는데 그만두시오. 내 악마라고 말하지 않았소. 믿기 힘들거든 저걸 보시오."

그가 가리킨 곳에 몬스터의 사체가 있었다.

훼손된 상태가 너무 심각했기에 어떤 몬스터의 것인지도 알아보기 힘들 정도였다.

"그가?"

판테스가 무겁게 던진 의문에 남자는 고개를 끄덕였다. 그리고 부연 설명을 덧붙였다.

"정신이 혼란스러운 것 같았소. 분명 우리 둘뿐이었는데 누군가와 얘기를 하는 것 같기도 했고, 아무튼 이상했소. 하여간 포기하시오. 미친 상태에서는 뭔 짓을 못하겠소? 아마 사람을 죽이고도 눈 한 번 깜빡하지 않을……."

남자는 말을 끝맺지 못했다. 어느새 판테스의 신형이 저만치 멀어지고 있었기 때문이다.

평범한 그의 눈에도 비범해 보이는 자!

하지만 누가 묻는다면 그는 당연하게 대답할 것이었다.

"위험한 것은 당신이라오. 쯔쯧."

 시간이 지연되며 동칠을 찾아 나선 와룡반점 식구들의 초조함은 극에 달하고 있었다.
 긴 침묵을 깨고 하만이 말문을 열었다.
 "이럴 게 아니라 상점가에 들러 길드장님들에게도 알려야겠다. 율카스!"
 "넵."
 뒷말은 필요도 없었다. 명령을 기다렸다는 듯 대답을 마치는 즉시 율카스는 몸을 날렸으므로.
 헛걸음을 했는지 보덴이 고개를 털며 다가왔다.
 "내 쪽은 틀렸어. 낭떠러지 근처에까지 가봤지만 안 계셔······."

약간의 시간 차이를 두고 데몬도 동칠의 형상을 닮은 검은 그림자와 함께 돌아오고 있었다.

"이럴 리가 없는데. 왜 흑마법이 쫓질 못하는 거지? 하늘로 솟은 것도 아니고 땅으로 꺼진 것도 아닐 텐데."

그 말처럼 검은 그림자는 데몬만 졸졸 따라올 뿐, 동칠을 찾을 기미라고는 없어 보였다. 그 때문에 데몬은 상당히 당혹스러워하는 기색이었다.

"하늘로 솟거나 땅으로 꺼지면 못 찾니까?"

보덴이 던진 어리석은 질문에 데몬은 고개를 저었다.

"소모적인 논쟁은 할 생각 없네. 연기가 못 갈 곳은 없어. 동칠의 기억이 없다면 모를까……."

말을 하던 데몬이 문득 실색을 지었다. 먼저 가르데일과 동칠이 마찰을 일으켰던 그곳에서의 일이 떠올라서였다.

'벌레, 네놈은 가지 않을 테냐?'

스산하게 가르데일에게 건넸던 동칠의 매정한 언사가 뇌리를 맴돌았다.

"어쩌면……."

"짐작 가는 부분이 있습니까?"

하만이 참지 못하고 던진 물음을 데몬은 애써 부정했다.

"아, 아닐세."

데몬은 생각 속에 담아둔 것조차 말하길 꺼려했다.

지금 그는 동칠이 자아를 잃어버렸을 수도 있다고 생각하고 있었다. 그렇다면 이 그림자가 그를 쫓지 못하는 이유가 될 수 있을 것이다.

그러나 아무리 이중인격이라 해도 그 본래의 자아가 사라지지는 않는다.

그런 면에 비추어볼 때, 현 상황은 도저히 납득하기가 어려웠다.

'어째서, 어째서……'

같은 의문만 연거푸 되풀이했지만, 도무지 실마리를 잡기가 힘들었다. 동칠의 홍채가 변하는 것 말고는 달리 짚이는 부분이 없어서였다.

그러나 홍채가 변한다고 해서 그 안에 다른 영혼이라도 들어찼을 것이라는 가정은 어디까지나 억측이었다.

'한 사람 안에 두 개의 영혼이 들어차는 일이 가능하기나 하단 말인가?'

불가능한 일일 것이다.

아무리 이중인격이라 해도 그 본래의 성질이 다르지는 않다. 이중인격은 성장을 하며 각기 다른 관념들과 가치관으로 인해 환경에 대처하는 취향이나 성격 등이 갈라진 것이지, 근본적으로 그 뿌리를 달리하지는 않기 때문이다.

'영혼은 공존할 수 없다.'

미치광이와 추격자 • 31

데몬은 스스로 그렇게 판단을 내렸다.

육신 안에 하나의 영혼이 들어차면 다른 하나는 설 자리를 잃어버린다는 뜻이다.

문제에 대한 접근이 어렵게 되자 데몬의 이마에 골이 깊게 패였다.

이 무렵 율카스가 올라오고 있었다.

그 모습에 하만은 이해할 수 없다는 표정을 지었다.

율카스가 지금보다 2배는 빠르다 한들, 아직 목적지인 상점가에도 다다르지 못했을 테니까.

그 이유는 곧 밝혀졌다. 파논과 아첸, 두 길드장이 율카스와 동행 중이었던 것이다.

두 사람은 문병을 핑계 삼아 근질근질한 손을 달래주려 당구라도 어떻게 한 게임 쳐 볼까 노심초사 끝에 와룡반점을 찾았다.

그런데 오는 도중 마주친 율카스는 안 좋은 소식을 전했다.

마땅히 자리에 있어야 할 동칠이 사라졌다고 하니, 당구가 문제가 아니었다.

그들은 오자마자 제일 손윗사람인 데몬에게 물었다.

"동칠이 사라졌다니, 대체 어떻게 된 일이오?"

"만드라고라가 잠시 존 사이에 없어졌다더군요."

축 처진 음색. 데몬의 상실감도 이들 못지않음이다.

그러나 두 길드장들은 동칠이 더 절실했다. 동칠은 자신들의 밥줄이 아닌가!

"그게 무슨 소리요? 조는 사이에 사라졌다니. 몸도 못 가누던 환자가 어딜 나갈 수 있다는 말이오?"

감정이 격해진 나머지 파논의 언성이 높아졌다. 누가 보면 데몬을 다그치는 줄 알았을 것이다.

하지만 당사자인 데몬은 문제 삼을 생각이라곤 없었다. 오히려 성을 내어주는 그가 고맙기만 했다.

이 사람도 똑같이 동칠을 걱정하기에 흥분하는 것이지 않은가.

데몬은 비교적 침착하게 말을 이어나갔다.

"저도 영문을 모르겠군요. 정확한 이유를 알려면 당사자인 동칠을 불러와야 하지 않을까요? 그러나 지금도 찾고는 있지만 인원이 턱없이 모자랍니다. 수색에 동원할 사람 좀 있습니까?"

그때, 잠자코 있던 아첸이 낮게 깔리는 음성으로 말했다.

"사안이 사안이니만큼 자는 녀석들까지 모두 깨워 불러오겠소."

파논도 단호한 어조로 말을 보탰다.

"그럼요. 비상사태나 다름없는데 없어도 끌어 모아야지요."

그들은 타고 온 나귀에 올라 가파른 경사임에도 불구하고 나귀에게 달리기를 강요시켰다.

"이랴!"

"이럇!"

타다닥.

나귀들이 뿌옇게 먼지를 일으키며 산 아래로 내려가는 걸 본 보덴이 데몬에게 중얼거렸다.

"그래도 다행이군요. 사람이 더 동원되면 지금보다야 낫지 않겠습니까? 이럴 때 스승님께서 계셨다면 좋았을 텐데……. 너무 아쉽습니다."

가르데일의 부재.

어쩌면 보덴의 말대로 그가 있었다면 지금쯤 동칠을 찾았을지도 모르는 일이었다. 누가 뭐라 해도 와룡반점 내에서 가장 기민한 사람은 바로 가르데일, 그였으므로.

마법도 통하지 않는 때라 데몬 역시 그의 빈자리가 더욱 아쉬웠다.

그로부터 얼마나 지났을까? 산 아래 불빛의 움직임들이 보이기 시작했다.

불빛은 계속 늘어났다.

수십에서 시작된 불빛들이 수백에 이르더니, 급기야는 천에 가까운 불빛이 점점이 타올랐다.

이윽고 불빛들의 움직임이 시작되었다.

불빛들은 무리를 지어 각기 다른 방향에서 이곳 와룡반점을 향해 다가오고 있었다.

"사람이 계속 늘어나고 있나 봅니다."

보덴의 말대로 이 순간에도 생겨나는 불빛들이 삼삼오오 모여 산을 오르는 중이었다.

역시나 불빛들의 정체는 횃불이었다.

그러나 모두가 횃불을 손에 쥔 것도 아니라서, 지금 이곳을 찾는 인파가 1천 명을 훌쩍 넘어설 것이라는 계산부터 섰다.

'대체 어디서 저렇게 많은 사람들이…….'

각 길드 외에도 상단과 상점 주인들이 그 직원들과 식구들까지 동원해 올라왔기에 숫자가 이렇게 불어난 것이다.

와룡반점의 식구들조차 모르는 사람들도 태반이었지만, 그들 대부분이 와룡반점의 수혜를 입은 자들인 것만은 분명했다.

"아니, 그분께서 대체 어디로 가셨다는 겁니까?"

"낸들 알겠소?"

몰려온 사람들로 인해 주위가 온통 떠들썩해졌다.

너무 많은 사람들이 몰려와 정신을 못 차리고 있는 데몬들을 대신해 질서를 잡아준 이는 앞으로 나선 파논이었다.

"조용, 조용. 떠들고 있을 틈이 없소."

순간, 말 잘 듣는 강아지들인 양 거짓말처럼 소음이 사라졌다.

파논은 머쓱해하면서도 계속 말을 이어갔다.

"몇몇 분들과 회의를 거친 후 곧 출발할 터이니 잠시만 정숙해주십시오."

그에 입을 닫고 고개를 끄덕이는 이들부터 모기한테나 들릴 목소리로 '네.' 라고 대답하는 사람들, 주위가 떠나가라 크게 대답하며 의욕을 보이는 이들까지 반응은 다양했다.

길드장들이 선뜻 앞으로 나서 데몬의 근처로 몰려오면서 회의는 쉽고 간단하게 시작되었다.

그리고 조를 이루어서 움직이는 게 낫다는 쪽으로 금세 결론이 나버렸다.

재차 파논이 군중들을 향해 벌써부터 쉬어가는 음성으로 입을 열었다.

"지금부터 수색에 나서겠습니다. 혹시 몬스터들의 공격을 받을지도 모르니 여기 파르켈 용병단의 단장님과 와룡 경찰서의 서장님이 여러분께 호위를 붙여 드릴 겁니다. 무슨 일이 있어도 그들과 떨어지시면 안 됩니다."

"네!"

"예!"

베른은 이미 상단의 무사들과 용병단이 오와 열을 맞춰 서 있는 쪽으로 옮겨 가 호위 무사들을 차출하기 시작했다.

대개 3명, 혹은 4명에 한 명씩 호위 무사가 배정되었으나 그러고도 수가 모자랐기에 순찰대원들까지 호위로 동원되었다.

 준비된 이들이 자리를 뜨기 시작하는 걸 보며 데몬은 코끝이 찡해짐을 느꼈다.

 '동칠, 대체 어디 있는 거요? 정말 야속하구려. 당신을 필요로 하는 이 많은 사람들이 보이지 않소?'

 그렇게 알타 산은 온통 동칠이라는 이름으로 시끄러웠다.

 여기서도 저기서도 동칠이라는 이름을 외쳐 댔으니, 각종 동물이며 몬스터들까지 그 이름을 외울 지경이었다.

 그 무렵, 천 길 낭떠러지 앞에서 동칠도 자신을 애타게 부르는 소리를 듣고 있었다.

 한데, 메마른 표정과는 다르게 그 뺨을 타고 한 줄기 눈물이 길게 흘러내렸다.

 감정이 흔들릴수록 금빛의 홍안도 꺼질듯 말듯했다.

 그러자 역시나 싫은 소리가 새어나왔다.

 "정말 질리는 놈들이다."

 그 말을 끝으로 동칠은 거짓말처럼 홀연히 자취를 감추었다.

※　※　※

 벌건 대낮에 모르는 사내 셋에게 급작스레 붙들려 으쓱한 곳으로 끌려간 여인은 소스라치게 놀라 울면서 고개를 내저었다. 하지만 그들은 들은 체도 안 했다.

"재미있게 해줄 테니까."

한 사내는 탐욕에 젖은 눈을 하고 그녀의 턱을 들어올려 지저분한 얼굴을 바짝 밀착시키고는 속삭였다.

"예쁜 그 얼굴을 보고 있으니 못 참겠어."

그런데 험한 꼴을 당할 것 같은데도 그녀는 싫은 기색만 내보일 뿐, 소리조차 내지르지 못했다. 벙어리였기 때문이다.

스쳐 지나가는 사람들과 여닫이창을 열고 자신을 보는 눈들에게 도와달라고 간절한 눈빛으로 애원했지만, 모두가 외면했다.

그중 혈기왕성한 청년 하나가 불의를 참지 못하고 불끈 주먹을 쥐었지만, 세 사내가 허리에 찬 메이스와 검들을 보고는 이내 마음을 접어버렸다.

그때, 손등에 흉터가 있는 사내에게서 괴상한 웃음소리가 터져 나왔다.

"낄낄, 여기서 저질러도 된다니까."

꿀꺽.

당장이라도 그녀를 범할 생각이 머리에 가득 찼는지 눈두덩이며 입술, 코와 귀에 고리를 잔뜩 달고 있는 사내의 목젖이 움직였다.

그러나 제법 말끔하게 생긴 남자는 그 의견을 받아줄 생각이 없는지 욕설로 응대했다.

"미친놈, 우리가 창피하잖아."

제 알몸을 사람들에게 보이는 게 싫은 것이다.

현재 대륙에서 이런 일은 비일비재했다.

약자들의 삶도 비참했지만, 약자이면서 얼굴이 반반한 여인들의 삶은 그것보다 훨씬 비참했다. 이름난 도시들을 제외하고는 치안이 그리 발달하지 않은 탓이었다.

툴룸과 150킬로미터 정도 떨어진 거리에 위치해 있는 이 마을도 치안이 엉망인 쪽에 속했다.

그나마 다행이라면 몬스터의 침입이 적은 것 정도랄까?

자연히 마을 주민들은 저들 같은 부랑배들과 섞이는 걸 꺼려했다.

특히 괜한 참견을 했다는 이유로 몇 명이 그 자리에서 주검으로 변하는 길 본 뒤로 무관심은 극심해졌다.

혈육이나 이웃도 모르쇠로 일관하는 마당에 언제 어디서 흘러들어온지도 모르는 벙어리의 일이니 어련할까.

그리하여 마을 주민 대다수는 저들이 어서 욕심을 채우고 자신들의 마을에서 사라져 주기만을 바랄 뿐이었다.

사내들은 벙어리 여인을 데리고 나무 상자들이 층층이 쌓여 있는 한적한 골목에 다다른 뒤, 작당한 듯 그녀를 세게 밀쳤다.

가녀린 그녀의 몸은 힘없이 쓰러졌고, 성질 급한 걸 자랑이라도 하듯 사내들은 앞 다투어 셔츠의 단추부터 풀기 시작했다.

"이거 표정 죽이는데? 비싼 값에 내다 팔아도 되겠다."

"크크큭."

처연한 눈빛으로 이러지 말아달라고 사정사정을 해보았지만, 그럴수록 사내들의 욕심은 부풀어갔다.

훼방꾼이 있기는 했다. 뭣도 모르고 이 골목으로 고개를 돌린 행인들이었다.

"뭘 봐, 이 새끼들아. 꺼져."

쌍소리를 듣고 인상을 찡그리거나 작금 벌어지려는 일에 이맛살을 구기는 이는 없었다.

눈 밖에 나지 않으려 그저 조용히 사라질 뿐이다.

제일 먼저 웃옷을 풀어헤친 사내가 여인을 깔고 누웠다. 사내의 거친 손이 그녀의 해진 옷을 사정없이 찢어발겼다.

부욱. 찌직.

옷 속에 고이 숨겨졌던 뽀얀 살결이 드러나자 감탄이라도 했는지 다른 사내들을 돌아보는 사내의 입가에 간악한 미소가 걸렸다.

"이거 보물인데?"

안면에 치렁치렁 고리를 매단 사내가 고개를 빼어 기웃거리다 불만을 내비쳤다.

"쓰벌, 내가 먼저 하면 좀 안 되냐?"

하나, 한발도 양보할 생각이 없는지 여인을 깔고 누운 손등에 흉터가 있는 남자는 매정하게 고개를 내저었다. 손으로는 벌써 허리끈을 풀면서 말이다.

그제야 벙어리 여인은 세상에 믿을 사람은 자신뿐이라는 걸 깨달았다.

어떻게 해서건 이 지옥 같은 현실을 벗어나야겠다는 일념으로 그녀는 자신을 깔아뭉갠 사내의 손등을 꽉 깨물었다.

"크윽."

그리고 사내가 자신의 손등을 붙들고 잠시 멈칫거리는 사이 그를 밀치고 재빨리 일어났다.

찢어진 옷 때문에 앞가슴이며 허벅지가 훤히 드러나 보였지만, 그런 것에 신경 쓸 틈도 없었다.

그러나 말끔한 사내가 달아나려던 그녀의 머리채를 우악스럽게 휘어잡았다.

"어허, 가긴 어딜 가?"

곧이어 피가 흐르는 손을 누르고 오만상을 찌푸린 사내가 일어서 다가왔다.

"쌍년이, 귀여워해줄려고 했더니……."

짜악!

비명도 못 지르고 쓰러지는 여인.

사내들에게 동정심이라고는 애초부터 없었다.

이들의 주된 취미는 이 마을, 저 마을을 돌아다니며 아녀자를 희롱하는 것이었고, 범행 대상의 식구들이 보는 앞에서 이번보다 더한 짓도 서슴지 않고 자행했었다.

그런 천인공노할 짓을 하고도 아직까지 명이 붙어 있는 까닭은 사내들 개개인이 힘이 있다는 데에 있었다.

일전에 4서클의 마법사도 이들이 벌이는 짓에 치를 떨며 끼어들었다가 메이스에 머리가 박살나지 않았던가.

항상 3명이 함께 움직이니 어지간한 장정들도 섣불리 나서지 못하는 것이다.

손등을 물린 사내는 화풀이로 벙어리 여인의 배를 걷어차더니 그 위에 올라타 그녀의 뺨을 사정없이 후려갈겼다.

"이 썩을 년, 주제를 모르고 날뛰어?"

손바닥이며 주먹으로 살을 치는 소리가 섬뜩하게 퍼졌지만, 주변은 고요하기만 하다. 아까와 마찬가지로 아무도 끼어들 인간은 없어 보였다.

도리어 나무라는 건 같은 편이었다.

"야, 우리 생각도 해야지."

여인의 고운 얼굴이 망가지는 게 걱정이 되었던 것이다.

사내도 충분히 기분을 풀었는지 마지막으로 여인의 얼굴에 가래침을 뱉는 것으로 앙금을 가라앉혔다.

"카악, 퉤! 더러운 년. 끝나고 보자."

시체라고 봐도 좋을 정도로 축 늘어진 여인에게 무슨 욕정이 남아 있는지, 사내는 그녀를 추행하기 시작했다.

그러나 불과 5초.

정확히 그가 여인의 치마 속으로 손을 집어넣으려 할 때였다.

등 뒤에서 해괴망측한 웃음소리가 터졌다.

"낄낄낄, 여기도 있네."

갑자기 끼어든 소리에 사내들은 껄끄러운 반응을 보였다.

"웬 미친놈이……."

막 일을 치르려던 사내의 흥도 깨졌다.

시간이 흐를수록 그녀의 얼굴은 부어만 갔고, 급기야는 더이상은 예쁘게 봐줄 수가 없는 형상이 되어버렸기 때문이다.

결국 사내는 역정을 내며 일어섰다.

"기분 잡쳤다. 쳇."

그가 돌아선 곳에는 남다른 개성을 지닌 두 남자가 서 있었다.

한 남자는 백발이 성성한 작자였고, 다른 한 남자는 흑발에 옅은 눈썹, 그리고 금빛 안광을 뿜어내는 청년이었다.

비교적 먼 뒤쪽에 서 있는 백발의 남자는 그저 구경을 하는 듯 보였으나 앞쪽의 흑발 청년은 고개를 옆으로 비스듬히 꺾은 채 기분 나쁜 웃음을 흘리고 있었으니, 신경을 거스른 쪽은 당연히 청년이라고 봐야 했다.

그들의 눈에 비친 청년은 무기도 휴대하고 있지 않았을 뿐 아니라 체격도 우람하기보다는 왜소한 쪽에 가까웠다.

"어디서 굴러먹다온 뼈다귀냐?"

"새파란 애송이가……."

망을 보고 있던 사내 2명이 소감 한마디씩을 내뱉었지만, 청년은 그 말들을 묵살하고 입꼬리를 말아 올리며 이죽거렸다.

"보다시피 쓰레기들이다. 이래도 안 할 테냐?"

나지막한 음성이었지만, 사내들의 귓전에 선명하게 와 닿는 크기였다.

"뭐라고 지껄이는 거냐?"

"뭘 안 한다는 거지?"

청년은 그들의 눈을 직시한 채 듣기 거북할 말을 서슴없이 내뱉었다.

"살인."

사내들의 눈이 치떠졌다.

"뭐, 뭐라고?"

"이거 순 미친놈이잖아!"

여인을 범하려던 사내가 더는 참지 못하고 허리춤에 달린 메이스를 꺼내들었다.

저벅저벅.

"미친개에게는 몽둥이가 약이지."

두들겨 패려는 게 아니라 아예 죽일 기세다.

한데, 살의가 느껴지는 데도 청년은 그 자리에서 한 발자국도 물러서지 않았다.

오히려 이런 상황을 즐기기라도 하듯 히죽히죽 웃을 뿐이다.

더 험한 표정으로 변한 사내가 청년의 지근거리에 다다라 메이스를 머리 높이 쳐들 무렵이었다.

퍼퍽.

순간 사내는 움직임이 멎었고, 얼굴이 새파랗게 질려 가기 시작했다.

"끄으으으~"

곧이어 상체를 숙이며 쓰러지는 사내.

동료들은 그 이유를 알 수 없었다.

머리가 깨진 것도 아니고, 이렇다 할 상처가 난 것도 아닌데 지독한 신음 소리를 내뱉으며 쓰러지는 그가 그저 의아할 따름이었다.

원래 장난기가 많은 동료라 금방이라도 일어날 듯 보였지만, 사내는 끔찍이도 괴로운 표정을 짓고 꼽추처럼 웅크려서 연신 거친 숨을 토해냈다.

"흐으으윽, 하악……."

원인을 파악하려 사내들은 재빨리 그의 몸을 훑었다.

그런데 왜인지 양손이 사타구니를 향해 있다. 그리고 그곳에서 붉은 피가 질펀하게 묻어나왔다.

"서, 설마……."

곧 음산한 청년의 웃음소리가 두 사내의 귓전을 때렸다.

"크크큭, 구슬 두 개 터트린다고 죽는 건 아닐 텐데……."

청년이 손을 놀리는 것도 보이지 않았는데, 동료의 신체 가운데 중요한 부위를 터트리기라도 했다는 말일까?

사내들은 자신들의 눈과 귀를 의심할 수밖에 없었다.

그때, 주렁주렁 고리를 달고 있는 사내에게서 쌍소리가 내뱉어졌다.

"야, 저 개자식이 무슨 짓을 한 거야?"

미련한 질문이었다. 공격당한 남자는 대답할 여력조차 없었기 때문이다.

육안으로 확인은 되지 않지만 질문을 받은 자신의 동료는 정말 치명상이라도 입었는지, 하얗게 질린 얼굴로 금방이라도 숨이 넘어갈 듯 헉헉대기만 할 뿐이었다.

처참하게 일그러진 동료의 표정은 두 사내에게 막연한 분노를 안겨 주었다.

"무슨 속임수를 썼는지는 모르겠다만, 널 다치게 했다 이거지……."

예고 없이 사내들이 출수를 하고 있다.

그러나 청년은 무슨 여유인지, 주먹으로 자신의 왼쪽 가슴을 가리키며 중얼거렸다.

"이번엔 여기를 단번에 터트리는 거다. 그럼 저 녀석들이 숨을 쉬는 꼴을 보지 않아도 돼!"

"팔다리를 날려 주마!"

"죽어버려!"

청년과 사내들이 조우했다.

퍼퍽! 퍼퍽!

일차적으로 청년의 얼굴이 일그러졌다.

이어서 손발이 오그라들기라도 하듯 양손으로 맞잡은 검을 놓치며 샛노랗게 질린 얼굴로 두 사내가 연달아 쓰러졌다.

"끄……."

"으아아~"

극심한 상해를 입은 쪽은 두 사내였다. 청년은 털끝 하나 다치지 않은 것이다.

그런데도 그가 노한 표정을 짓는 건 저 불한당들조차 죽이지 못한 불쾌함에 그 원인이 있었다.

"쳇!"

청년이 자리를 벗어난 이후, 멀찍이 떨어져 있던 백발의 사내가 다가왔다.

그는 우선 쓰러진 여인에게 다가가 한 팔로 그녀의 상체를 일으켰다.

"이보시오, 처자. 괜찮소?"

대답이 없다. 눈도 뜨지 못한다.

보이는 것보다 상태가 더 심각한 모양이었다.

몹쓸 병이라도 걸린 듯 얼굴이 퉁퉁 부은 데다 상처 부위에서 흐르는 피가 멎질 않는다.

흔들어도 대답이 없자, 그는 품속에서 하늘색 포션을 꺼내 들었다.

곧이어 그녀의 벌려진 입에 포션이 부어졌다.

꿀럭꿀럭.

입 밖으로 조금씩 흐른 포션이 그의 손가락에 의해 다시 그녀의 입술 안으로 스며들었다.

"이렇게 비싼 걸 흘려서는 안 된다오."

잠시 후, 여인의 상태는 거짓말처럼 빨리 호전되었다. 붓기는 금세 가라앉았고, 호흡도 안정을 되찾고 있었다.

그는 여인을 안전한 곳으로 옮겨 둔 뒤, 다시 여인을 범하려던 사내들을 찾았다.

스르렁.

검갑에서 미끄러지듯 빠져나온 적갈색의 검.

그 검을 들고 있는 백발 사내의 눈초리가 결코 곱지 않다.

고환이 터져 몸도 성치 않은 때라 사내들은 작금의 상황이 더없이 난처하기만 했다.

"너, 넌 누구냐?"

"너희 같은 것들과 통성명까지 해야 하는가?"

"우, 우리를 어쩔 셈이냐?"

겁에 질린 한 사내의 물음에 백발의 사내는 행동으로 대답했다.

휘익.

"크아악!"

가차 없이 휘둘러진 검에 의해 절단된 발목에서 피분수가 솟고 있다.

공포는 동료들에게도 전이되었다.

남은 두 사내는 자신들의 다리만은 내놓기 싫었는지, 엎드려서 필사적으로 도주를 감행했다.

"으, 으아아아~"

그러나 그 행동은 백발 사내의 비웃음만 살 뿐이었다.

"추악한 자들, 지렁이가 따로 없군. 자비를 베풀어준 그에게 감사해라."

딱 두 번. 검이 궤적을 그렸다.

그러자 남은 두 사내의 발목들도 깨끗이 절단되어 떨어졌다.

푸콰콱!

반응은 제각각이었다.

피가 콸콸 쏟아지는 다리를 보며 절망에 소리치는 이, 떨어진 발목을 어떻게든 붙여 보려 대보는 이, 서럽게 우는 이……

백발의 사내는 그들에게서 매정하게 시선을 거두고 청년이 사라진 방향으로 시선을 돌려 나직이 그의 이름을 불러보았다.
 "동칠……."

데몬은 동칠의 행방을 좇기 위해 불철주야 노력했다.

교단에도 연락을 취하는 한편, 카롤레나까지 동원한 것이다.

그뿐인가? 와룡반점을 지키는 기사들과 마법사들, 그리고 롯테와 슐터에게 알리는 한편 와룡반점을 찾는 영향력 있는 많은 이들에게 동칠의 부재를 알렸다.

그러니 지금 동원된 사람들의 수를 합한다면, 1만 명이 훌쩍 넘을 터였다.

그런데도 동칠은 깜깜무소식이었다.

지푸라기라도 잡자는 심정으로 데몬과 종업원들은 개인적으로 몇 차례나 이브릴에게 도움을 요청했다. 드래곤이라면 인간이 못하는 일도 해낼 수 있으리라 생각해서였다.

그러나 그때마다 그들은 찬웃음을 받아야 했다.

"내가 왜 그놈을 찾아야 하지?"

종족을 떠나 이브릴은 얹혀사는 입장이다.

그에 대한 고마움이 있다면 응당 돕는 시늉이라도 해야 할 것이 아닌가!

와룡반점 식구들은 그 점이 못마땅했으나 상대가 상대이니만큼 불만을 억눌러야만 했다.

반면 저들의 사정이야 이브릴은 알 바 없었다.

괘씸한 녀석이 알아서 사라졌으니 그보다 더 좋을 일이 어디에 있겠는가.

자연히 날이 갈수록 와룡반점 식구들의 생기 잃은 낯빛과 환해지는 이브릴의 표정은 극명히 갈렸다.

그러나 상황은 예기치 않게 흘러갔다.

부름을 받고서도 이브릴은 로드가 자신을 왜 찾는지 몰랐다.

하나 막상 레어 안으로 들어갔을 때, 쉴루스는 진중한 음색으로 운을 뗐다.

"이브릴."

"예, 로드."

낌새만으로 이브릴은 직감할 수 있었다. 그가 자신에게 무언가 하명을 내리리라는 것을.

 그러나 그 내용에 대해서는 짐작조차 불가한 상황에서, 쉴루스는 이브릴이 무척이나 꺼릴 소리를 내뱉고 있었다.

 "그를 찾아와라."

 "…그라 하오시면?"

 "동칠 말이다."

 이브릴의 가늘어진 눈이 빠르게 주위를 훑었다.

 그러자 금세 짚이는 부분이 생겼다. 그곳에 롬이라는 드워프가 죽을상을 짓고 있었으므로.

 '이놈들이……'

 목격하지 않았어도 능히 유추가 가능했다.

 필시 와룡반점 식구들이 롬에게 하소연을 했을 테고, 그 롬이 로드가 자신들을 아낀다는 것을 알고 겁도 없이 말을 올렸을 것이다.

 차마 살피지 못한 구석이었다.

 이브릴이 봐왔던 이곳의 드워프들은 드래곤에 대해 경외심을 갖고 있었을 뿐 아니라 끔찍이도 두려워했다. 오죽하면 시선 한 번 마주치질 못했을까?

 그런 놈이 이런 대담한 행동을 벌이리라고는 전혀 짐작치 못한 탓이다.

 이제 인간의 언어까지 구사하게 된 쉴루스는 대답 없는 이브릴을 채근했다.

불의 정령과의 마찰 • 55

"내 말을 듣고는 있는 게냐?"

그에 롬을 죽일 듯 쏘아보던 이브릴은 황망해하며 얼른 고개를 돌려 억울함을 표했다.

"드, 들었사옵니다. 하오나……."

"말이 길어졌구나."

"죄송합니다."

힐책에 못 이겨 이브릴은 축 고개를 떨어뜨렸다.

사족을 덧붙였다는 것만으로 로드는 불쾌한 기색을 띠고 있질 않은가.

쉴루스는 탕 속에 몸을 완전히 담갔다가 눈까지만 내어 이브릴을 직시한 뒤 말했다.

"보름을 줄 터이니 그를 찾아오거라."

자신은 아직 마음의 정리도 되지 않았다. 한데, 본인의 의사는 물어보지도 않고 일방적으로 지시를 내리는 로드가 이브릴은 야속했다.

게다가 보름이라면 너무 짧은 시간이 아닌가. 고로 이의를 제기할 수밖에 없었다.

"하, 하지만 로드, 보름은 너무 촉박하옵니다. 전 아직 그가 어디 있는지도 모르고……."

또한 마음의 준비도 되지 않았다고 이야기하려는 찰나에 쉴루스가 덜컥 말을 잘라버렸다.

"또 토를 다는구나!"

꾸짖음에 못 이겨 이브릴은 입을 닫았다. 이 상태라면 무슨 말을 해도 밉게만 비쳐질 것이다.

쉴루스는 미간을 잔뜩 좁힌 채 위엄을 실어 말했다.

"보름 안에 데려와라. 같은 말을 두 번 반복하는 것도 피곤하구나. 나가보도록."

그렇게 등 떠밀리듯 레어를 빠져나온 이브릴은 뒤를 돌아보며 이를 갈았다.

'드워프 이놈들… 끄드득.'

여태 온화한 표정으로 살갑게 대해주었건만 뒤통수를 쳤으니 좋게 보일 리가 없었다.

지금 심정 같아서는 드워프란 종족들의 씨를 말리고 싶을 정도였다.

그러나 로드의 그늘 아래 있는 드워프들을 잡아 족친다는 선 밀도 안 되는 일이었고, 애꿎은 드워프들을 희생양으로 삼는 것도 할 짓이 못 되었다.

그에 가까스로 분을 참아 누르다 다시금 찾아야 할 대상을 뇌리에 떠올리니 뒷골이 당겨 왔다.

과거는 생각하지 않는 게 편하지만, 바다의 제왕이라 불리며 누구의 눈치도 보지 않고 살았던 그때가 떠올라 견딜 수가 없었다.

"크윽."

이런 신세로 전락한 자신의 처지가 한심해 눈물이라도 흘리고 싶었지만, 드래곤 된 입장에서 아무 데서나 눈물을 보일 수도 없는 노릇이었다.

용암처럼 끓어오르던 분을 삭이며 이브릴은 평정을 되찾으려 애를 썼다.

팔자도 탓하면 안 된다.

모든 것이 그놈과 직결되어 있으니 성미만 날카로워질 뿐이다.

여러 방향으로 핑계거리를 찾고 도망칠 궁리를 해보았지만, 전부가 쉽지 않은 일이었다.

머잖아 로드는 자각을 시작할 테고, 서서히 과거의 힘을 되찾아갈 것이다.

그중 가장 두려운 건 수년 내 로드가 모든 드래곤들과 교감을 하게 되리라는 점이었다.

그것이 이브릴이 쉴루스의 명령을 어기지 못하는 결정적인 이유였다.

그럼 몰래 동칠을 죽이고 그럴싸한 핑계거리를 만들어 덮으면 되지 않는가.

이브릴도 이 생각을 해보지 않은 게 아니었다.

그러나…

'짐작이 맞다면 이미 로드께선 진실을 보는 눈을 깨우치셨다. 아무리 속이려 한들 헛일이 될 것……'

다시 말해 꿰뚫어 볼 심산이 크다.

아니, 십중팔구 알아챌 터였다. 대하는 눈빛만으로 이브릴 자신이 거짓을 말하는지, 진실을 말하는지 알 테니 미련한 공상은 일찌감치 떨치는 게 옳았다.

울컥.

막상 놈을 찾기 위해 걸음을 떼어놓으려니 억울하고 분했다.

당한 건 자신인데 왜 자꾸 그놈의 뒤치다꺼리나 해줘야 한다는 말인가.

억울함을 곱씹으며 이브릴은 걸음을 떼었다. 이 분통 터지는 세월이 빨리 흘러가기만을 바라면서……

* * *

동칠의 행방불명에 대륙이 술렁거렸다.

거액의 현상금이 걸린 각양각색의 수배 전단이 원인이었다.

그를 찾는 곳은 한 곳이 아니었다.

더러는 그의 재능을 아까워하며, 더러는 그의 이용 가치를 높게 사, 또 더러는 증오를 품고 그를 찾았다.

다만 아직까지 크루거 제국은 이 일의 전면에 나서지 않았다.

라페르타 왕국의 서부 도시인 멜브룩에도 동칠의 인상착의가 그려진 전단은 넘쳐 났다.

그리고 멜브룩의 광장에 위치한 분수대에 나타난 한 사내의 모습은 광장 전체를 술렁이게 만들었다.

자신이 수배자라는 걸 아는지 모르는지 동칠이 떡하니 발을 들여놓은 것이다.

그 결과 동칠의 전단을 쟁취하려는 이들로 질서는 순식간에 무너졌다. 그 많던 벽보가 죄다 뜯어지고, 일부에서는 싸움까지 일어났다.

그리고 마침내 전단을 손에 넣은 이들은 부랴부랴 인근의 마법사 길드로 달려갔다.

하지만 그런 소동에도 아랑곳 않고 동칠은 한 점만 주시하고 있었다.

아름다운 불의 형상과 함께 서 있는 소년이다.

외형상 소년이 데리고 있는 불덩어리는 실오라기 하나 걸치지 않은 늘씬한 여인의 모습을 하고 있었는데, 발끝에서 시작해 구불구불 솟아오른 머리카락 끝까지 홍염으로 넘실거렸다.

대륙에서 정령사를 마주한다는 것 자체가 쉬운 일이 아니었다. 특히나 자존심이 센 불의 정령을 부리는 정령사라면 더더욱.

거기다 빳빳이 선 샛노란 머리카락이 인상적인 정령사는

아직 성년식도 치르지 않았을 앳된 나이로 보였다.

전단 경쟁에서 밀린 이들과 일찌감치 포기한 이들은 팽팽하게 대치하고 있는 동칠과 정령사에게 눈이 팔렸다.

먼저 입을 연 사람은 동칠이었다.

"네놈도 돈이냐?"

소년 정령사는 동칠의 비아냥거림을 받아쳤다.

"당신같이 악한 자는 처단해야 한다고 판단해 움직였을 뿐, 그 이상은 없습니다."

"내가 악한 자라⋯⋯. 꼬마, 네가 정한 선과 악의 기준이 뭐지?"

소년은 다부지게 대답했다.

"속일 생각은 마세요. 오랫동안 당신을 추적했으니까."

당찬 소년이 그렇게 우스운지 동칠은 고개를 젖히며 크게 웃었다.

"크하하하⋯⋯."

이제껏 접한 무뢰배와 악한들의 행색이 저러했을까?

만인이 그를 나쁘게 보는 가운데 한 남자만 유독 다른 반응을 내보이고 있었다.

'사람을 겉면만 보고 함부로 평가하지 말라. 그는 한 번도 사람들의 목숨을 앗지 않았다.'

바로 군중 속에 섞여 있던 가르데일이었다.

이때껏 그는 우연찮게 마주한 동칠을 미행하며 관찰해왔다.

불의 정령과의 마찰 • 61

분명 살인을 행한 적은 없었지만, 확실히 요 근래의 동칠은 불안한 단면을 보여 주었다.

악한들은 물론이고, 전혀 관계없는 이들과 심지어는 안면이 있어 먼저 아는 체를 해오는 자들에게까지 상해를 입혔던 것이다.

아무리 자신이 소드마스터의 무용을 지니고 있다고는 하나 피해자가 되지 말라는 법은 없었다.

게다가 동칠은 점점 더 불가사의한 힘을 끌어내고 있으니 쉽게 다가서질 못하고 있었다.

하지만 가르데일은 언젠가 반드시 기회가 찾아올 것이라 생각했다.

그 기회는 오늘이 될 수도, 내일이 될 수도 있었다.

방관자의 입장에서 가르데일이 지켜보는 가운데 정령사의 팔이 움직였다.

"샐리스트, 저자를 제압해주세요."

명령이 떨어졌지만, 소년보다 2배는 큰 여인의 형상을 한 불의 정령은 시큰둥한 모습을 내보였다.

[명령이 어색해. 듣지 않겠어.]

까칠한 태도를 고수하는 정령 앞에 당황스러운 건 소년 정령사였다.

"그, 그럼 어떻게?"

[조금 더 박력 있게 가보라고. 이를 테면 녹여 버리라든지,

삼켜 버리라든지.]

 소년은 당황하는 기색이다.

 정령의 말대로 따르자니 외려 자신이 악당처럼 보일 가능성이 농후했고, 그렇다고 따르지 않자니 도와줄 것 같지가 않다.

 어디까지나 소년과 정령은 주종 관계가 아닌 협력 관계였기 때문이다.

 소년이 고심하고 있는 동안, 동칠이 입술을 말아 올리며 이죽거렸다.

 "할 생각이 없나? 조금 기대했는데 말이야."

 짓궂은 불의 정령은 분수처럼 떠들어댔다.

 [저것 보라고. 저 녀석, 위험하잖아. 어서 명령을 내려. 그 두 명령이 싫다면 '태워버려.'는 어때?]

 시간을 지체하는 게 썩 마음에 들지 않았는지 동칠이 가볍게 손을 들었다.

 그러자 소년의 다리가 의지와는 별개로 땅에서 떨어지며 허공으로 들렸다.

 노랑머리의 소년 또한 여태 추적해오며 봐온 게 있어 저 흑발의 청년이 불가사의한 힘을 가졌다는 건 미리부터 알고 있었다.

 그러나 직접 당해보니 끔찍이도 괴로웠다. 목이 졸리는 느낌은 둘째 치고 오장육부가 뒤틀리는 것만 같았다.

이러다간 손도 못 써보고 당할 것 같아 소년은 눈을 질끈 감고 자신의 정령에게 소리쳤다.

"태, 태워버리세요!"

그에 정령은 민망할 정도로 상체를 숙여 소년의 볼을 어루만지더니 빙긋이 웃으며 화답했다.

[그래, 그래야지.]

찰나였다.

그녀의 형체가 일그러지나 싶더니 어느새 불길이 동칠을 향해 날아들었고, 동칠은 팔을 내리지 않은 상태에서 눈동자만 굴려 정령의 움직임을 좇았다.

군중들이 일순 숨을 죽인 가운데 불씨가 동칠의 옷에 들러붙기 시작했다.

타탁, 탁.

이윽고 동칠의 주변으로 불보라가 휘몰아쳤.

이글거리는 열기를 감당 못한 구경꾼들이 허겁지겁 물러나고 있는데도 동칠은 불의 중심에서 미동도 않았다.

오히려 겁을 먹거나 움츠러들기는커녕 정령을 비웃는 듯한 언사가 입에서 서슴없이 내뱉어졌.

"잔재주로 날 상대하려거든 그만두는 게 좋아."

[뭐, 뭐어? 남김없이 태워주마!]

그녀의 노한 음색만큼이나 불길 또한 세차져서 광장 한복판이 벌겋게 달구어졌다.

열기를 못 버틴 블록들이 폭발하듯 깨어지며 파편을 뿌려 댔다.

퍼펑. 펑!

"꺄아아아!"

"으아악!"

깜짝 놀란 사람들에 의해 사방에서 비명이 터지고 있는 와중에도 한숨을 쉬듯 눈을 감아버린 상대가 놀라웠는지, 샐리스트는 상반신만 형상화하여 동칠의 뇌리에 자신의 의사를 나직이 주입시켰다.

[어머, 센 척하는 거야?]

순간, 부릅떠진 동칠의 눈이 휘황찬란한 금빛을 발했다.

정령이 움찔하여 놀라는 것도 잠시. 동칠은 한 점의 망설임 없이 정령의 목을 향해 손을 뻗었다.

그녀의 움직임은 그로 인해 멎었지만 조소는 멈추지 않았다.

[뜨거울 텐데…….]

과연 그녀의 목을 쥔 동칠의 손에선 김이 피어오르고 있었다.

하나, 동칠은 표정도 구기지 않고 무심한 눈으로 벌겋게 변해가는 자신의 손을 살필 뿐이다.

[고통을 못 느끼는 건가? 재미없어.]

말을 마친 정령이 미끄러지듯 동칠의 손아귀를 스르르 빠

불의 정령과의 마찰 • 65

져나갔다.

그러자 무시무시하게 휘몰아치던 불 바람도 멎었다.

촤라라락.

대신에 그녀의 팔이 날카로운 창끝으로 변하더니 동칠의 심장을 노리고 들어왔다.

푸욱.

끔찍한 광경을 보여 주고 싶지 않았는지 어른들이 아이들의 눈을 가렸다.

불의 창은 동칠의 심장이 있을 가슴을 정확히 관통했다.

하지만 곧바로 쓰러지리라 여겨지던 동칠은 기괴하게도 고개를 옆으로 꺾어 기묘한 웃음을 머금었다.

"이젠 내 차롄가?"

상식적으로 납득이 가지 않는 상황에 정령은 당혹감을 금치 못했다.

[너, 너 대체 뭐지? 왜?]

동칠이 얼굴을 드밀자 움찔 놀란 정령은 황급히 뒤로 빠졌다.

그런데 놀람이 채 가라앉기도 전에 더 괴상한 일이 벌어졌다.

분수대에서 솟구친 물이 흡사 생명이라도 깃든 양 위압감을 뿜어내며 동칠의 뒤를 따르고 있었기 때문이다.

물과 불이 상극임은 누구나 알 수 있는 사실.

정령은 문득 저 청년의 정체가 의심스러워졌다.

[너, 물의 정령술사냐?]

답변은 동칠이 아닌 물이 대신했다.

불의 정령이 멀어지는 것보다 물이 다가오는 것이 더 빨랐고, 다급한 대로 불의 정령은 팔을 휘저어 앞쪽에 불의 기운을 일으켰다.

화아악!

치이이익.

그러나 불의 정령이 일으킨 방어막은 범람해오는 물의 양을 막아내기엔 역부족이었다.

그것이 무력화되는 것으로 모자라 그녀의 오른팔의 불길이 완전히 사그라졌다.

[네 이 녀석!]

아름다운 자태에 흠을 남겨서일까?

노여워하는 그녀의 음성이 동칠은 물론 구경꾼들의 뇌리에까지 날카롭게 파고들었다.

흠칫 놀라 웅성거리는 사람들을 돌아보던 그녀.

그녀는 자신의 팔을 타오르는 불길로 수복한 뒤, 표독스런 시선으로 동칠을 노려보았다.

[물을 부린단 말이지?]

곧이어 그녀가 손을 놀리자 불의 잔해가 동칠의 주변으로 흩어졌다.

촉매제도 없는데 기이하게도 불은 점차 커지더니 주먹만 한 불씨들로 변모했다.

어림잡아도 수백의 불씨들이다.

그러나 승리를 자부하는 정령을 보며 동칠은 알 수 없는 미소를 짓더니 서서히 손을 들었다.

꾸드득. 콰작. 드드드드.

[마, 말도 안 돼!]

기겁하는 건 비단 불의 정령만이 아니었다.

이 자리에 있는 동칠을 제외한 모두의 눈이 찢어져라 부릅떠졌다.

수십 명이 동시에 들어가 물장구를 쳐도 될 크기의 분수대가 통째로 뽑혀 허공에 부유하고 있었기 때문이다.

* * *

다그닥. 다닥.

말발굽 소리는 쉼 없이 이어졌다.

총 15명으로 구성된 중갑 기마병들은 목적지인 멜브룩으로 나아가는 중이었다.

햇빛이 그들이 꼬나 쥔 검과 창끝에 닿아 부서졌다.

상대와 조우하지도 않았는데 그들의 눈은 이미 전의에 불타고 있었다.

적은 얼마 전 자신들의 주군의 생명을 경각에 이르게 만든 놈이었다.

범인을 알고도 침묵하는 건 그들의 자존심과 충정심이 허락지 않았다.

특히나 불행한 어린 시절, 자신을 거두어주고 아껴 주었던 주군에게 남다른 고마움을 가지고 있는 엘런이 느끼는 분노란 다른 이들을 훨씬 상회하는 것이었다.

'심장을 도려내어줄 테다.'

그러나 멜브룩으로 향하는 무리들은 비단 그들만이 아니었다.

뒤로는 고위 마법사로 보이는 마법사가 비행 마법을 시전하여 하늘을 날고 있었고, 앞쪽으로는 어쌔신들이 빠른 발을 놀려 멜브룩의 동문 입구로 향하는 중이었다.

먼저 도착한 이도 있을 것이며, 다른 문으로 다가서는 무리도 있을 터였다.

조급함에 엘런은 중갑 기마병들 모두가 들을 수 있게 목소리를 드높여 외쳤다.

"서둘러야 한다! 이럇!"

히히힝!

힘껏 친 고삐가 목 언저리를 때리자, 엘런이 탄 청마는 연신 거친 숨소리를 내뱉으며 벌판을 내달렸다.

❋ ❋ ❋

참극은 서문 밖에서 벌어지고 있었다.

동칠 뒤로 쓰러진 이들.

그 수가 수십을 넘은 데 그치지 않고 지금도 급격히 불어나고 있어서 얼핏 보기에는 아비규환이라 할 만했다.

그나마 다행히 생명이 경각에 놓인 이는 있었어도 스러진 목숨은 없었다.

뒤쫓아 온 가르데일은 그 점을 위안 삼았다.

'저것이야말로 아직 그의 이성이 남아 있다는 증거가 아닌가. 참으로 다행이로구나.'

그러나 가르데일이 바라는 상황은 도래하지 않았다.

어떻게 된 게 동칠의 힘은 바닥나기는커녕 증폭하고 있었다.

많은 전투에서 얻은 경험으로 보다 다양한 대처 능력이 펼쳐진 것이다.

앞서 쓰러진 자들에게서 공포가 전이되었는지 다수의 사람들은 병장기만 앞세울 뿐 선뜻 나서질 못하는 중이었다.

무리도 아니었다. 피비린내가 코를 찌르다 못해 머리까지 어지럽게 만들었으므로.

수십의 능력자들과 사투를 벌이고도 생채기 하나 없는 동칠의 모습은 그들의 눈에 흡사 악귀 같았다.

일찌감치 전의를 상실한 이들의 뇌리로는 비슷한 생각이 스쳐 갔다.

'도대체 저자는 무어란 말인가?'

그의 힘은 검사들에게도, 그리고 마법사들에게도 이해 불가였다.

그 와중에 주제 파악을 못한 것인지, 아니면 자신들의 힘으로 동칠을 쓰러뜨릴 수 있을 것이라 착각한 것인지 두 마법사가 동칠의 좌우에서 캐스팅이 끝난 구체를 떠나보냈다.

그의 좌측으로 날아오는 구체는 불의 기운이 응집된 화염 덩어리였으며, 우측으로 날아오는 구체는 흰빛에 전류가 뭉친 덩어리였다.

하지만 무시무시한 속도로 날아들던 화염 덩어리는 동칠의 손짓 한 번에 방향을 잃고 애꿎은 땅과 부딪쳤다.

쿠와왕!

동시에 가공할 폭발이 일어나 지축이 흔들리며 일대가 잿더미가 되어버렸다.

미처 다른 방향을 살피지 못한 탓이었을까? 전류 덩어리는 그대로 동칠의 육신과 부딪쳤다.

여럿의 시선이 한 곳으로 엉켜들었고, 부푼 기대가 꺼지지를 않았다.

그들은 악귀 같은 동칠이 이 세상에서 영원히 사라져 주기만을 바랐던 것이다.

파지지직!

전류에 발작하듯 몸을 떨던 동칠.

곧이라도 쓰러질 듯 보이던 그는 어느 순간 우뚝 멈췄다.

그리고 아직 전류가 가시지 않은 팔을 들어 보이며 동칠은 입가에 쓴웃음을 지었다.

"뇌전. 이 힘은 오랜만이로군."

잇몸과 함께 드러난 이빨에서 스파크가 튄다.

그 모습이 괴이하기 짝이 없어, 보는 이들 중에는 치를 떠는가 하면 뒷걸음질을 치는 자도 있었다.

하지만 동칠은 그들에게는 시선도 주지 않고 자신에게 공격을 감행한 두 마법사들을 차례로 바라보았다.

휙.

그가 가볍게 턴 손목에서 일어난 바람이 수십 갈래로 갈라지며 칼날처럼 날카로워져 화염 덩어리를 발출한 마법사를 사정없이 난자했다.

"크아악!"

안개처럼 자욱하게 피를 흩뿌리며 쓰러지는 마법사.

그 동료인 전격 마법을 발출한 마법사는 공포에 젖어 뒤로 물러서며 두려움에 떨었다.

'저, 저런 일이 가능키나 하다는 말인가?'

가늘게 찢어진 매서운 눈이 곧 그의 차례가 다가왔음을 시사했다.

"네 차례다."

말이 끝난 직후, 손끝에서 튄 전류가 뇌전이 되어 줄기줄기 뻗어나갔다. 그리곤 막 몸을 돌리려던 마법사의 전신과 뒤섞였다.

파지지지직!

전류가 몸을 타고 흐르는 것도 잠시.

마법사의 몸은 금세 시꺼멓게 그슬려 연기를 모락모락 피웠고, 힘을 잃은 육신은 그대로 무너졌다.

동칠은 다른 사내들을 싸잡아 꾸짖었다.

"여기도 저기도 약해빠진 녀석들뿐이로구나. 더 강한 자는 없는가?"

염파가 실린 음성은 멀리 퍼져 나가고 있었다.

"나… 나 때문에……."

소년은 새까맣게 쌓인 잿더미 앞에서 무릎을 꿇고 울먹였다.

그렁그렁해진 눈에선 쉴 새 없이 눈물이 흘러내려 검어진 정령의 잔해 위로 계속해 떨어졌다.

그가 정령을 거둔 것이 아닌, 정령이 불쌍한 처지에 놓였던 그를 거둬준 것이다.

소년 시드는 전쟁고아였다.

살고자 죽은 사람의 물건과 식량을 탐내야 했지만, 아무런 힘도 없던 그에게 세상은 몰인정했다.

인근에서 더 이상 전쟁이 일어나지 않게 되었을 때, 그가 발을 붙일 만한 곳은 어디에도 없었다.

그나마 가진 것들을 노리고 어른들은 사기를 일삼았으며, 가진 것이 다 떨어졌을 땐 툭하면 때리기 일쑤였다.

그렇게 뒷골목을 전전하며 떨어진 것들을 주워 먹고 살았다.

유독 추운 지방에서 살아온 그에게 가장 고마웠던 것은 불이었다.

굶주려도 추운 것보다는 나았다.

따뜻한 곳이라면 죽어도 좋다는 생각은 수백 번도 넘게 품었을 것이다.

그러다 찾아온 게 샐리스트였다.

그녀와 함께라면 시드는 헐벗어도 춥지 않고 따뜻했다.

친구도, 친인척도 없었으니 자연히 시드에게 세상에서 가장 소중한 이는 샐리스트가 되었다.

그런 그녀가 여기에 누워 있다. 이렇게 흉한 몰골로······.

억장이 무너지는 것 같았다.

자신이 나서지만 않았다면 샐리스트는 그자와 연관될 일도 없었을 테고, 이렇듯 죽어 있지도 않았을 것이다.

"샐리스트, 일어나 봐요. 제발······."

슬픔에 목이 매여 시드는 긴 말을 늘어놓을 수 없었다.

하염없이 흐른 눈물에 그나마 따스했던 그녀의 온기마저 꺼져 가고 있다.

하나, 좌절과 절망 속에서도 희망은 있다고 했던가.

기어들어가는 음성이 시드의 뇌리에 작달막하게 전해져 왔다.

[치, 칭얼대지 마…….]

시드는 오인했다. 그리워서, 너무나 그리워서 자신이 허성을 들은 거라고.

그러나 분명히 조금 전 음성은 언제 들어도 다정했던 그녀의 것이었다.

"새, 샐리스트예요?"

다급히 물었지만 그녀에게선 뒷말이 들려오지 않았고, 그로 인해 잠시 더뎌졌던 시드의 눈물이 다시금 봇물 터지듯 왈칵 쏟아졌다.

타다닥, 칙.

되살아나려던 불씨도 그 눈물 때문에 꺼져 버렸다.

하지만 샐리스트는 짜증도 부릴 수가 없었다.

온기를 보관해 겨우 간직해두었던 불씨가 꺼져 버렸으니 맥이 빠졌지만, 그렇다고 포기할 수는 없었다.

그녀는 시드와 조금 떨어진 곳에 두 번째의 불씨를 살려냈다.

마침 시드가 그것을 보았다.

시드는 황급히 눈을 훔치며 행여 침이라도 떨어질세라 자신도 모르게 벌어졌던 입술을 닫고 오물거렸다.

그렇게 기나긴 기다림 끝에 한 구석에서 매우 작은 불씨가 피어났다.

그것은 아주 작게 일어나, 미풍을 타고 이곳저곳으로 옮겨 붙기 시작하며 재로 변한 그녀의 육신에 활력을 불어넣어주고 있었다.

그러나 거기까지였다.

동칠과의 전투에서 얻은 극심한 데미지로 그녀의 육신에서 피어오른 불들은 겨우 마른 장작이 타는 정도였다.

어렵게 몸을 일으킨 샐리스트는 시드부터 나무랐다.

[네 눈물이 내 목숨을 앗을 뻔했다.]

반은 농담, 반은 진담이었다.

질책이 싫지도 않은지 시드는 샐리스트의 허리를 껴안았다.

"미안해요. 정말 미안해요."

친화력이 상당해진 뒤여서 타오르는 불에 시드가 델 걱정은 없었다.

샐리스트는 곱게 시드의 머리를 쓰다듬었다.

[괜찮아.]

※ ※ ※

땅. 깡. 땅. 깡.

화산 폭발의 결과로 생긴 둥근 함몰지인 칼데라에 위치한 거대한 공동에서는 연장 소리가 쉬지 않고 흘러나왔다.

지상과 천장 사이의 높이만도 무려 100미터. 이곳에서 작업하는 드워프들의 수는 2백이 넘었다.

무척이나 더운 곳이어서 드워프들은 땀을 뻘뻘 흘리면서도 작업에 열중했다.

그들은 위험천만하게 밧줄에 몸을 지탱한 채 모난 석벽을 깎는가 하면 곡괭이로 돌들을 거르고 평탄하게 만들어 매끈한 붉은 대리석을 깔았다.

부산물들은 바퀴 달린 수레에 의해 밖으로 내보내졌다.

공사 소음이 매우 시끄러운 데도 불구하고, 이 레어의 주인은 아름다운 하모니라도 듣는 듯 눈을 감고 음미하는 중이었다.

붉은 머리칼을 기진 수려한 용모의 잘생긴 미남자. 그가 이 레어의 주인이었다.

많은 드래곤들이 그를 별종이라고 놀려 댔지만, 그가 인간의 모습을 고집하는 이유는 고유의 아름다움에 있었다.

인간 세상에서의 유희란 무척이나 매력적인 것이었다. 수많은 삶을 살 수 있고, 여러 가지 선택을 할 수 있기 때문이다.

그리고 여러 번의 유희를 통해 그는 인간만큼 개성이 특출난 종족은 없다고 여겨 왔다.

감정에 따라 매우 다양한 표정을 지을 수 있는 게 인간이었고, 그때마다 다른 느낌을 전해 받았다.

또한 인간이 가지는 환경은 다른 어떤 종족보다 복잡해서 수천수만 가지의 희극과 비극이 공존했다.

매번 그는 희극의 주인공이 되어왔지만, 관망자의 입장에서 비극을 보는 것도 즐겼다.

그렇게 인간 세상을 즐기는 그가 레어의 이 많은 드워프들을 부리며 보수공사에 착수한 이유는 드래곤으로서의 삶도 품격 있게 끌어올리고자 함이었다.

디딩.

알람 소리가 울린다.

그는 닫혀져 있던 눈꺼풀을 열었지만, 공사 소음이 워낙 시끄러운 터라 드워프들은 알람이 울렸는지도 구별하기 힘든지 공사에만 열을 올렸다.

그에 자신의 안락한 보금자리를 위해 불철주야 노동하는 드워프들 대신 직접 공동의 밖으로 천천히 걸음을 옮겼다.

물론 지금쯤이면 이미 그의 레어를 수호하는 가디언들이 침입자를 맞고 있을 것이다.

그러나 그는 5백 년 만의 침입자가 누구인지 궁금했다.

입술이 분주하게 움직이나 싶더니 곧 그의 몸이 서서히 떠올랐다.

높은 곳이라면, 그리고 천 리 밖도 내다볼 수 있는 그의 시력이라면 침입자가 누구인지를 단번에 알아볼 터였다.

그러나 지상에서 수십 미터를 떠 확인한 대상에 그는 시큰둥한 표정을 지었다.

결계 안으로 들어선 이가 그다지 반가운 대상이 아니어서였다.

화염의 산 이스테라는 활화산이 곳곳에 자리하고 있는 관계로 생명체가 살아가기엔 그리 좋은 환경이 못 되었다.

이런 곳에 다다른 샐리스트는 시드의 의문에도 만나야 할 이가 있다는 대답으로만 일축했다.

처음 그들을 맞은 건 3기의 불의 골렘 인페르노들이었다.

5미터에 이르는 크기와 화마를 연상시키는 무시무시한 형상에 시드의 내면 깊숙한 곳에서부터 두려움이 일었다.

그러나 그 위압감에 짓눌리지 않고 태연히 말을 하는 것으로 보아 샐리스트는 예외인 모양이었다.

[그를 만나러 왔다.]

서로 안면이 있는지 인페르노들은 공격은 하지 않고 우두커니 서서 샐리스트와 시드를 번갈아 내려다보았다.

그으으―!

곧이어 인페르노의 입을 타고 둔중하게 퍼져 가는 소음은 주인에게의 송신이었다.

하지만 그들의 주인인 붉은 머리칼의 청년은 이미 땅에 내려서고 있었다.

"제 발로 나가셨던 분께서 여긴 어인 일로?"

마주하자마자 들려온 비아냥거림에 샐리스트는 일순 불쾌해졌지만, 나빠진 기분을 입술을 깨물며 되돌렸다.

'이미 각오한 일이었다.'

불의 중급 정령인 샐리스트는 자존심이 센 편이었다. 그런 그녀가 이름 모를 청년에게 당했다는 건 수치였다.

따라서 복수에 대한 갈망만으로 샐리스트는 이 길을 작정한 것이다.

이 사내, 레드 드래곤 페라쿠스는 에인션트급에 이른 드래곤으로 가진 힘이 상상을 불허했다.

과거 샐리스트는 그와 계약을 맺고 있었지만, 시드를 만난 뒤로 그를 떠났었다.

페라쿠스의 심기가 불편한 이유가 거기에 있다고 믿고 샐리스트는 일부러 그에게만 의사를 전달했다.

[신의를 버린 건 아니었다.]

"호오, 신의를 버린 게 아니었다?"

자신에게만 전한 말을 소년도 들으라는 듯 떠벌이고 있는 페라쿠스.

[이럴 거야?]

샐리스트는 당장에 따겼지만 비아냥거림은 계속되었다.

"아, 이렇게 생긴 소년과 바람이 나셨었지? 그런데 이 소년이 그 소년인가? 인간 세상에는 종종 닮은 사람도 있어서 말이야."

창피함에 샐리스트의 안면에 일던 불길이 조금 사나워졌다.

[말이 심하잖아. 왜 이렇게 옹졸하게 굴어? 당신, 그러지 않았잖아.]

페라쿠스는 시드를 의식하며 중얼거렸다.

"흠… 버림 받은 드래곤은 동정도 받기 힘든 건가?"

샐리스트는 난처했지만, 시드는 페라쿠스가 뭐라 한들 그녀의 편이었다.

그 마음이라도 읽었는지 페라쿠스는 놀리는 걸 그만두고 그녀에게 본론을 꺼내도록 유도했다.

"뭐, 과거는 과거니까 일단 덮어두지. 그래, 무슨 일로 왔지?"

잠시 시드를 살펴보던 샐리스트가 페라쿠스에게 눈을 흘겼다.

페라쿠스도 그 뜻을 모르지는 않았다.

-저 소년이 들으면 곤란한가 보군.

샐리스트가 고개를 끄덕이자 페라쿠스는 호의적인 태도를 보였다.

-좋아. 레어로 이동한 뒤 들어보기로 하지.

레어에 도착하자마자 샐리스트는 페라쿠스가 왜 장소 이

동을 권유했는지 알 것 같았다.

뻔했다. 새로 꾸미는 레어 자랑이다.

[전의 레어도 멋있었는데, 왜?]

-훗.

이처럼 시건방진 반응을 예상했지만, 샐리스트는 싫어도 칭찬을 곁들여야 했다.

페라쿠스의 기분을 띄워줘야만 수월하게 부탁할 수 있어서였다.

웅장한 규모에 시드가 입을 쩍 벌리고 레어를 구경하는 동안 용건이 오갔다.

-그래, 오랜만에 찾아온 이유가 무엇 때문이지?

[힘 좀 빌려 줘.]

그녀가 꺼낸 말이 정말 의외였는지 페라쿠스가 되물었다.

-힘?

[…응.]

자신의 힘으로 안 돼 드래곤까지 끌어들인다는 게 너무도 부끄러워 기어들어가는 음색이다.

치기가 동하려던 것을 참고 페라쿠스는 진중히 대화에 임했다.

-호오, 네 힘으로 어쩌지 못할 녀석이 있나? 혹시 우리 종족과 얽힌 건 아닐 테지?

[그럴 리가 없잖아.]

드래곤들도 필요에 의해 정령들과 계약을 맺곤 하니, 정령과 드래곤 사이에는 보통 분쟁이 존재하지 않는다.

샐리스트 또한 그자가 드래곤이었다면 힘으로 부딪치지 않았을 터였다.

자연히 페라쿠스는 그녀가 말하는 대상이 궁금해졌다.

-어떤 종족과 마찰을 빚은 거지?

[인간이야.]

그녀의 대답에 페라쿠스는 조금 놀란 표정이 되었다.

인간이, 그것도 중급 정령을 어쨌다는 것이 믿어지질 않았기 때문이다.

물론 인간 중에도 이따금씩 대단한 능력을 가진 놈들이 있기는 했다.

'이상하군. 내가 알기론 인간들이 자랑하는 마법과 검술 중에는 그녀를 구속시킬 만한 것이 없을 텐데…….'

어쩌면 그가 알고 있는 인간 세상의 지식이 생각보다 얕아서일 수도 있다.

복잡해지려는 생각을 페라쿠스는 질문으로 늘어놓았다.

-검사? 아니면 마법사?

그러자 샐리스트는 지극히도 싫은 기색을 떠올렸다.

[나도 모르겠어. 그 자식, 기이한 힘을 가지고 있어. 어떻게 여러 정령의 힘을 쓰는 건지… 그 힘, 어쩌면 내가 생각하는 것보다 훨씬 위험한 것일 수도…….]

여러 정령을 부린다는 대목에서부터 페라쿠스는 눈을 가늘게 좁혔다.

-여러 정령을 부린다고?

[확실해. 바람과 땅이 동조했어. 심지어는 물도 동조했고.]

아랫입술을 깨무는 그녀를 보며 페라쿠스는 잠시 멍해졌다. 직접 목격한 것은 아니지만 인간 중에 그런 자가 있으리라고는 짐작도 못한 탓이다.

드래곤도 하나의 정령과 친해지는 것이 보통이거늘, 하물며 정령 친화력이 드래곤에 빗댈 수 없이 약한 인간이라면 더 말할 필요도 없다.

-인간이 아닐 수도 있겠군.

페라쿠스의 가정에 샐리스트는 머리를 흔들었고, 그 바람에 치렁치렁한 불의 머리카락이 불씨를 흩뿌렸다.

[내 눈을 의심하게 만들지 마. 이방인이기는 하지만 인간이 맞아.]

이방인이라는 말에 페라쿠스는 구미가 당겼다.

-그자를 쓰러뜨려 주면 돌아올 텐가?

[분명히 얘기했잖아. 당신이 부르면 오겠다고. 오해하지 마. 떠나겠다고 한 적 없어. 당신과의 계약은 아직도 유효해. 어디까지나 난 힘없고 가련한 시드를 보살펴 주었을 뿐이니까.]

페라쿠스는 그저 떠본 얘기였다.

적적했을 때라면 그녀가 곁에 있어주길 바랐을 테지만, 요근래 그는 레어의 새 단장에 한껏 들떠 있던 관계로 지루함을 느낄 시간조차 없었다.

 거기다 싸우길 좋아하는 그에게 이번에도 불의 정령이 예상치 못한 흥밋거리를 물어다주었으니 그걸로 된 것이다.

 실로 오랜만에 페라쿠스의 눈에서 투지가 타올랐다.

 레드 드래곤.

 포악하기로 꼽자면 블랙 드래곤에 버금가고, 강하기로 따지자면 실버 드래곤에 필적한다.

 물론 여러 드래곤들에게는 장소에 따라 취약점이 따르기는 했으나 페라쿠스는 어느 장소나 상관없다는 자신감을 보였다.

 그리고 그는 드래곤으로의 현신을 택하지 않았다.

 생명이 경각에 이르지 않는 힌, 인간 대 인간으로 사투를 벌여 볼 셈이었다.

 이어 페라쿠스는 시드를 보고 말했다.

 "꼬마, 네가 집 좀 봐줘야겠다."

※ ※ ※

 소식은 들었으되 하나도 기쁘지 않았다.
 차라리 못 들었다면 힐책을 떠안고 말았을지도 모른다.

하지만 그러기에 인간들의 입은 너무도 쌌다. 동칠로 의심되는 이의 행방이 이미 만천하에 퍼졌으니까.

이번 유희는 너무나도 쓰다.

무엇보다 이브릴 자신이 원치 않던 유희라서 더욱 그러했다.

세상 힘든 것 모르고 아무 걱정 없이 살아온 이브릴이 요근래 받은 스트레스는 평생의 스트레스를 합한 것보다 크게 느껴졌다.

"썩을, 수명이 백 년은 줄어버린 것 같다."

왜, 스트레스는 만병의 근원이라지 않은가.

편치 않은 심정은 그 외모에도 고스란히 드러났다.

뿐만 아니라 누구든 걸리면 가만두지 않겠다는 못된 마음이 전신에서 살기를 끄집어냈다.

사람들은 본능적으로 위험을 느끼고 행여 그의 길이라도 막을까 서둘러 물러났다.

바로 저들이 정상적인 인간이었다.

사람이라면 응당 때에 따라 두려움도 느낄 줄 알아야 하고, 조심성도 가져야 한다.

그러나 이 길의 끝에 있을 놈은 그런 것과는 영 거리가 멀었다.

한발 양보해서 돌아가자고 해도 순순히 응할지도 미지수였다.

정말 이게 최선책인지를 되짚어보며 이브릴은 가다 서다를 반복했다.

어느 순간, 한 남자가 동료의 부축을 받아 절뚝거리며 다가오는 게 보였다.

그들이 스쳐 지나갈 때까지 이브릴은 두 사람을 길게 쳐다보았다.

다시 앞쪽으로 고개를 돌리니 이번엔 동료의 등에 업혀 가는지도 모르고 의식을 잃은 이가 보였다.

이상한 광경은 거기서 끝이 아니었다.

멀쩡히 앞서갔던 사람들이었는데, 무엇을 보았는지 혼비백산하며 달아나고 있다.

'앞쪽에서 전쟁이 터지기라도 했단 말인가?'

당연히 이브릴은 인간들이 벌이는 전쟁 따위를 두려워할 필요가 없었다.

호기심이 부쩍 샘솟아 이브릴은 걸음의 속도를 높였다.

겁을 집어먹은 저음과 고음의 소리들이 연달아 터졌지만, 전혀 개의치 않았다.

그는 단지 흙먼지와 안개로 자욱한 앞쪽에서 무슨 일이 터지고 있는지 확인하고 싶을 뿐이었다.

"벌써 파리가 많이도 꼬여 들었군."

레드 드래곤 페라쿠스가 현장을 덮친 소감이었다.

인간들은 도저히 그의 상대가 될 수 없었다. 그런데도 꾸역꾸역 밀려드는 그들이 페라쿠스는 정말 아둔하다고 생각했다.

그 많은 인간을 상대하며 지치지도 않는지 동칠이란 자는 오히려 광소를 터트리는 중이었다.

"하하하, 재미있다. 재미있어!"

말처럼 달려드는 이들은 동칠에게 그저 장난감일 뿐이었다.

가지고 놀다 망가지는 녀석들은 알아서 물러난다. 그러면 빈자리를 메우기 위해 새로운 장난감들이 등장한다.

하지만 그에게 당한 이들은 뼈저린 고통을 체험했다.

일부 현명한 이들은 결코 자신들이 설 자리가 아님을 깨닫고 먼발치에서 경악성을 터트렸다.

"저게 정말 사람이라는 말인가?"

사람이 장난감처럼 굴러다닌다.

땅이 뒤집히는가 하면, 물세례가 쏟아지고 불벼락이 떨어졌다.

그 경천동지할 일에 턱이 빠져라 입을 벌린 이들도 많았다.

게다가 와룡반점이 워낙 유명했으니 공포의 대상과 구면인 사람들도 당연히 있었다.

"동칠, 도대체 왜 이러는 거요? 당신은 이런 사람이 아니지 않소!"

요리에 대한 탁월한 재능과 착한 심성.

주위 사람들에게 자신의 지인 중에 동칠이 있다고 얼마나 자랑하고 다녔던가?

그는 동칠이 타락한 모습이 진심으로 안타까워서 하는 얘기였다.

하지만 말을 꺼낸 중년의 사내는 동칠이 순간적으로 뻗은 팔로 빨리듯이 끌려갔다.

"컥."

"기억을 뒤져 봐도 너란 놈은 모르겠는걸? 입을 찢어버리기 전에 아는 체하지 않는 게 좋을 거야."

굵어진 음성에서 살의가 물씬 풍긴다.

옴짝달싹할 수 없는 상황에서 중년인은 꼴깍하고 숨이 넘어갈 것만 같아 발버둥을 쳤다.

무리들 사이에서 그 광경을 보던 가르데일은 아직 나서지 않기를 잘했다고 판단했다.

그때, 불쑥 동칠이 가르데일이 서 있는 그 방향으로 고개를 돌리는 바람에 시선이 마주쳐 버렸다. 분명 가르데일 자신을 인식하고 있음이다.

그에 가르데일은 몸 전체가 경직되어버렸다.

확실히 그 시선엔 경멸의 빛이 담겨 있었다. 그러나 왠지 슬퍼하는 것 같기도 했다.

동칠이 그렇게 점점 더 망가져 가고 있는데도 기회나 살피는 자신이 정말 잘하고 있는 것인지 회한이 밀려들었다.

졸도해버린 중년인은 한쪽으로 날아갔는데, 하필 그 방향이 페라쿠스가 있던 자리였다.

얼떨결에 중년인을 아무렇지도 않게 받아든 페라쿠스는 가만히 동칠을 바라보았다.

그리고 도발하는 듯한 시선이 썩 마음에 들었는지 그 입가에 만족스런 미소를 베어 물었다.

"이미 의식하고 있었단 얘기려나? 네가 원하는 게 저 녀석의 죽음이었나?"

 뒤의 물음은 샐리스트를 향한 것이었다.

 샐리스트는 자신의 의중을 페라쿠스에게 전달했다.

 [죽음도 한 방법일 수 있겠지. 어쨌든 원하는 건 저 힘의 소멸이니까.]

 그녀의 사고방식은 보통의 인간들과는 달랐다.

 인간들은 자신에게 해를 끼친 자가 있으면 그에게 책임을 묻지만, 샐리스트는 자신을 망신시킨 저자의 힘에 그 책임을 묻고 있었다.

 생각을 정리한 페라쿠스가 바닥에 쓰러진 중년인을 넘어 한 발 나섰다.

 여전히 동칠의 시선은 페라쿠스에게 꽂혀 있었고, 이 와중에도 동칠에게 달려드는 이들은 영문도 모르고 나자빠졌다.

 "뭐 떨거지들을 처리하는 방법은 재미있다만, 오래 봐줄 것은 못 되는군."

 말과 함께 페라쿠스가 오른손을 쳐들자 손바닥과 한 뼘 정도 떨어진 공간에 붉은 기운이 뭉쳐 들기 시작했다.

 그 정체가 불이라는 것을 증명이라도 하듯 붉은 기운은 타오르는 태양처럼 이글거렸다.

 점점 커져 가며 지상과 멀어지고 있는 덩어리.

 페라쿠스로부터 10여 미터쯤 위쪽으로, 직경 2미터는 됨직한 거대한 불덩어리가 활활 타오르자 사람들은 경악성을 내지르며 눈을 치뜨고 말았다.

"마, 맙소사."

마법에 문외한들은 물론이고, 여기 있는 어떤 마법사들도 저런 크기의 불덩이는 본 적이 없었다.

자비심에 페라쿠스는 이 자리에 있는 인간들 전부의 뇌리로 중압감이 듬뿍 실린 경고성을 전했다.

-꼭 살고자 할 이유가 있는 자들은 물러나라. 지금부터는 너희가 끼어들 자리를 주지 않겠다.

사람들 사이에 웅성거림이 오갔다.

"서, 설마 저런 거대한 걸 내던질 셈인가?"

"일단 피하고 보세."

하나만 봐도 열을 안다고 했다.

이 짧은 시간에 저만한 구체를 소환한다는 것 자체가 납득이 가질 않는 행동이다.

그를 눈여겨보았던 이들의 놀라움은 더했다.

'영창도 하지 않았어. 제길, 그거란 말이야?'

드래곤임을 어렴풋이 짐작하는 것이다.

감히 자신들과 비교도 할 수 없을 정도의 강자의 등장에 그 많던 인간들이 썰물 빠지듯 죽 빠졌다.

그리고 방금 동칠에게 당한 중년인을 비롯한 부상자들은 인근에 있던 이들에 의해 안전한 지대로 옮겨졌다.

미처 다 피신하기도 전에, 급한 성미를 주체 못하고 페라쿠스는 하늘 높이 떠올린 불의 구체를 동칠과 자신이 서 있는 지면 한가운데로 내던졌다.

쿠와왕!

지면과 맞닿은 화염구는 강렬한 섬광과 함께 폭발하면서 뜨거운 열을 발산했다.

그에 화염에 녹아내리거나 삼켜질 것이 염려되었던지 자리를 벗어나는 이들의 움직임도 눈에 띄게 빨라졌다.

하지만 아직 마음을 놓을 상황은 못 되었다. 타는 듯한 열기가 뒤따르고 있었기 때문이다.

차마 안전거리로 벗어나지 못했거나 바위나 나무를 방패 삼아 숨은 소수의 인간들은 폭발로 야기된 강풍에 떠밀려 외마디 비명과 함께 한참을 날아갔다.

그리고 겨우 살아난 이들은 안도의 한숨을 내쉬었다.

짧은 시간에 이들이 수백 미터 밖으로 떨어질 수 있었던 것은, 여기 모인 전부가 범인이 아니라는 반증이었다.

제법 떨어진 거리에서도 열기는 상당했다.

그 찌는 듯한 뜨거움 속에서 다급히 피신한 이들의 시선은 너 나 할 것 없이 한곳에 쏠렸다.

지독한 화염이 덮쳤던 곳을 중심으로 주변은 온통 초토화가 되어 있었다. 개미 한 마리 살아남지 못했다 해도 과언이 아닐 것이다.

그때, 침묵을 깨고 누군가가 치를 떨며 말했다.

"저런 미친 불덩이를 던지는 놈이라니……."

"그도 죽은 게 아닐까?"

말을 하는 이들은 엘런을 주축으로 한 중갑 기마병들이다.

복수에 이를 갈며 도달했건만, 그들은 주군에 대한 복수는 커녕 동칠의 옷깃조차 찢을 수 없었다.

또한 엘런은 동칠이 손을 뻗은 것만으로 의식불명 상태에 이르러 아직까지 깨어나지 않았다.

바로 그 때문에 버릴 것을 각오했던 생명을 건지게 되었지만…….

중심부에 형성된 먼지구름이 걷히기까지는 꽤나 오랜 시간이 경과했다.

그 후에야 흐릿하게나마 안이 들여다보이기 시작했다.

"서, 서 있어?"

신기하게도 두 사람과 불의 정령은 건재했다.

불의 정령이야 본디 태생이 불이니 그렇겠지만, 연약한 인간의 몸으로 저곳에서 버텨 냈다는 게 사람들은 믿어지지 않았다.

저 멀리에서 사람들이 놀라건 말건, 페라쿠스는 동칠을 마주 보고 흥미롭다는 듯 미소를 드리웠다.

"요상한 놈이로세. 진공 상태로 방어벽을 만들다니 말이야."

딱히 틀린 얘기는 아니었다.

몰아치는 화염과 바람들을 동칠은 염력의 힘으로 빗겨 가게 만들었고, 그 결과 본의 아니게 부근에 원형의 진공막이 형성된 것이다.

"어디 보자, 이놈을 어떻게 요리해야 하나?"

이죽거림에도 동칠은 쓴웃음만 머금고 있었다.

"뭐, 이런 놀이라면 재미있겠군."

페라쿠스의 말이 끝난 직후였다.

푸콱.

그가 손바닥을 하늘로 향하게 뒤집은 채 손목을 튕기자 거대한 불기둥이 땅을 뚫고 일직선으로 솟구쳤다.

동칠이 재빨리 몸을 피했지만, 페라쿠스는 재차 같은 공격을 시도했고 자연히 불기둥들의 수는 늘어만 갔다.

그리고 공격을 멈추지 않은 채 페라쿠스는 광소를 터트렸다.

"크하하하! 재미있군. 기사들을 상회하는 몸놀림이라니. 세상에 이런 인간이 있는 줄 알았다면 진즉에 왔을 것을."

어느 순간 동칠의 속도가 비약적으로 빨라졌다.

뿐만 아니라 치솟은 불기둥들이 흡사 그에게로 빨려 들어가는 듯한 모습이 얼핏 보기에는 마치 그를 뒤따르는 것 같았다.

페라쿠스의 얼굴에서 웃음이 그친 것도 그 즈음이었다.

"이놈, 대체 무슨 짓을 벌이는 것이냐?"

불에 관한 한 모든 마법을 꿰찼다고 생각한 페라쿠스였다.

하지만 저런 마법은 드래곤인 그조차도 듣도 보도 못한 것이었다.

노여운 시선이 집중된 동칠의 몸이 시뻘겋게 달아올랐다. 목표물로 지정된 동칠의 세포 하나하나가 뜨겁게 반응하며 격렬히 요동치는 것이다.

페라쿠스는 흥분에 물들었다.

"그대로 터져 버려라!"

그러자 무서운 속도로 페라쿠스에게 다가오던 동칠은 이빨 틈새로 칫 소리를 내뱉고는 시야에서 사라졌다.

화아아악!

그리고 페라쿠스를 맞은 건 그 자신이 일으켰던 불기둥들이었다.

"흥, 이 몸이 호락호락 당해줄 듯싶으냐?"

츠카앗.

그가 손을 휘젓자 앞쪽에서 불의 장벽이 일어나 주인을 모르고 달려드는 불길을 막았다.

부우욱.

곧이어 소리가 들리는 방향으로 페라쿠스가 고개를 돌리자, 그곳엔 불에 탄 상의를 손으로 찢어내는 동칠이 있었다.

탄탄하게 다져진 근육들은 이 세계에 온 이후 그 혼자 얼마나 많은 요리를 해왔는지 보여 주는 단면이었다.

페라쿠스의 감탄은 물론 거기에 있지는 않았다.

"신기하군. 체내에서 일어난 불길을 상처 하나 없이 피부 밖으로 밀어내다니."

검게 그을리기는 했지만 탄 흔적은 없다. 샐리스트는 진심으로 그와의 격차를 느꼈다.

'애초에 내 상대가 아니었어.'

한낱 인간의 힘을 우위로 인정한다는 건 자존심 강한 그녀에게는 받아들이기 힘든 일이었다.

옆에서 페라쿠스는 통 모를 소리를 중얼거리고 있었다.

"이제 보니 정령이 따르는 게 아니라 따르게 만드는 것이로군. 이 페라쿠스 님도 접하지 못한 새로운 형태의 힘이라……."

[저 녀석이 우리 정령들을 조종이라도 한다는 얘기……?]

질문을 하다 말고 샐리스트는 아연실색했다.

저도 모르게 자신의 손끝이 페라쿠스의 목을 향해 그어지고 있질 않은가!

화르르르. 퍽.

그녀의 걱정과는 다르게 불미스러운 일은 발생하지 않았다. 페라쿠스가 동선을 파악하고 그녀의 손을 감싸 쥐었기 때문이다.

[나, 난…….]

당황한 샐리스트의 말을 무시한 채 페라쿠스는 동칠에게

진심으로 탄복해했다.

"이를 테면 정령뿐이 아니라, 범위 안에 들어오는 모든 것을 조종할 수 있나 보군."

황량해진 벌판으로 바람이 스쳐 갔다.

동칠은 여전히 악랄한 미소를 띠고 있었고, 페라쿠스는 다시 이어질 전투를 기대하는 눈빛이다.

샐리스트는 이곳이 자신이 있을 자리가 아님을 깨달았다.

'페라쿠스를 도와서 쉽게 끝내겠다는 생각은 틀렸어. 곁에 있어 도움이 되는 게 아니라 악영향을 줄 우려가 있으니…….'

생각을 정리한 그녀가 페라쿠스에게 물었다.

[범위가 어느 정도인지 알 수 있어? 멀리 떨어져서라도 이 싸움을 보고 싶어. 공기 중으로 돌아가면 못 보니까.]

"아까 도망친 놈들이 있는 곳이라면 상관없을 거야."

동칠의 힘을 높이 쳐준 것이었다.

아직 전부를 보았다고 말할 수 없으니 그녀에게 멀찍이 떨어질 것을 권유한 것이다.

평소의 샐리스트답지 않게 그녀는 페라쿠스의 말을 전적으로 수용했다.

[알겠어.]

괴물 같은 인간과 대륙 최강의 생명체인 드래곤.

당연히 승리가 페라쿠스에게 돌아간다고 믿어야 했지만,

상대인 동칠이 결코 만만해 보이지 않아 샐리스트는 그가 이길 거란 확신이 쉽사리 서질 않았다.

'현신이라면 확실할 텐데……'

페라쿠스가 현신도 못하고 쓰러지는 게 아닐지 그녀는 내심 걱정이 되었다.

하나, 그 걱정은 괜한 것이었는지 그녀가 떠나자마자 페라쿠스의 얼굴은 험악하게 굳었다.

"누구 하나 거칠 것이 없으니 이제 끝을 보자꾸나."

오만하고 거친 페라쿠스와 달리 동칠은 도발적인 질문을 내걸었다.

"이제 죽겠다는 소리인가?"

"재미있는 놈."

페라쿠스의 입술이 달싹거리기 시작한 그때부터 땅이 들썩거리고 불과 바람이 매섭게 휘몰아쳤다. 그와 함께 지면 곳곳이 갈라지며 뜨거운 수증기가 솟아나왔다.

그런가 하면 동칠의 머리 위로 적색 구름이 형성되더니 불의 비가 내리기 시작했다.

피한다는 건 어불성설이었다.

동칠의 몸 주위로 은은한 금빛이 일어나 공격들을 차단해 주고 있었지만, 점점 거세지는 공세 앞에 빛도 꺼질듯 말듯 했다.

"이대로는 무리다. 이젠 날 인정하고 개방해라. 저 오만한 녀석의 콧대를 꺾어주마."

실로 오랜만에 동칠의 본래 목소리가 흘러나왔다.

"싫어."

다시 굵직한 음성이 타일렀다.

"죽어도 좋다는 얘기냐? 고작 저런 놈한테?"

염력은 자신이 있었다.

저놈이 폴리모프를 한 지금 상태가 아니라, 현신을 한다고 해도 쓰러뜨릴 자신이……

대답 않는 동칠에게 염력이 채근했다.

"세상에 네 목숨보다 소중한 게 어디 있지?"

이제껏 동칠은 자신을 위해 남들이 피해를 받아도 된다는 염치없는 마음은 품지 않고 살아왔다.

기이하게도 자신이 혼수상태였던 그때부터 벌여 왔던 일들이 뇌리에 파노라마처럼 스쳐 갔다.

'내가 이런 일들을 저질렀어?'

급격히 커진 눈동자…….

사고가 복잡해지고 있었다. 그럴수록 표면으로 드러난 염력의 빛도 희미해져 갔다.

"어서, 어서……!"

작금 동칠은 떨어지는 붉은 비가 용암처럼 뜨거운 성질이라는 것도, 발밑에서 솟구치는 수증기가 일순간에 자신을 통닭처럼 만들어버릴 것이라는 것도, 이 불과 바람이 자신의 육신을 형체조차 없이 사라지게 만들 것이라는 것도 인지할 수 없었다.

아직 신체의 모든 기능들을 염력이 대신하고 있기 때문이었다.

지금 동칠이 할 수 있는 일이라고는 사고뿐이었다.

불현듯 과거가 떠올랐다. 볼펜이 굴러갈 때부터였다.

그리고 얼마 후 컵이 움직였다.

욕심은 더 큰 힘을 불러냈다.

혼수상태에서 깨어나 벌인 일들. 끔찍이 괴로워하던 사람들의 모습이 하나둘씩 떠오른다.

동칠은 자책했다.

제어를 못한 자신에게 잘못이 있었다.

'그게 정말 나였어? 나 살자고, 나 살자고 그럴 순 없어.'

모든 일이 방금 일어난 것처럼 생생하게 느껴지자 죄의식이 동칠의 얼굴 가득 내려앉았다.

"그랬구나. 그렇게 살 바엔 차라리 죽는 게 나아."

"뭐, 뭐라고?"

혼란에 빠져 있는 동칠을 보면서 페라쿠스는 의아했다.

'발악이라도 할 줄 알았는데, 우두커니 서서 헛소리나 지껄이다니……. 궁지에 몰려 미쳐 버린 건가?'

동칠의 의지가 커지며 염력의 빛도 희미해져 갔다.

미심쩍은 기분이 들었지만, 페라쿠스는 손을 거둘 생각은 없었다.

다만 약간의 후회는 밀려들었다.

'괜찮은 연구 대상이 되었을지도······.'

동칠의 표면에서 금빛이 꺼지려던 찰나였다.

휙!

무언가 굉장히 빠른 속도로 위기에 처한 동칠을 낚아채 저 멀리로 날아갔다.

노한 시선이 닿은 곳에는 동칠을 옆구리에 낀 장신의 사내가 서 있었다.

"누구냐?"

"오랜만이로구나, 페라쿠스."

안하무인인 말투와 행동거지가 아니었어도 페라쿠스는 직감만으로 그의 정체를 짐작할 수 있었다.

"이브릴?"

질문을 받은 장신의 사내는 부인하지 않고 고개를 끄덕였다.

그랬다.

동칠을 구한 건 이브릴이었다.

고민을 거듭하다 끼어들어 구하긴 했지만, 과연 이것이 잘한 선택이었는지 아직도 판단이 서질 않았다.

그렇잖아도 심란한데 페라쿠스가 작정하고 시비를 걸어왔다.

"호, 바다의 지배자께서 인간에게 취미를 가지고 계셨던가?"

"말장난할 생각 없다."

같은 생각이었던지 페라쿠스의 손바닥 위로 불길이 치솟았다.

"그거 내려 두는 게 좋지 않겠어?"

응하지 않으면 당장이라도 무력을 행사하겠다는 의사 표시인 셈이다.

원래 물과 불이 친하지 않듯 레드 드래곤과 실버 드래곤도 잘 어울릴 수 없었다.

그것은 이브릴과 페라쿠스도 마찬가지여서 헤츨링 시절부터 둘은 티격태격해왔다.

사투를 벌이자면 그럴 셈이었지만, 이브릴은 싸울 의사가 없는지 투기조차 내보이지 않았다.

"맘 같아서는 그러고 싶다만 못 그러겠다."

애매모호한 이브릴의 대답에 페라쿠스는 갸웃거렸다.

"왜?"

짜증을 억누르고서 이브릴은 페라쿠스의 의문에 한마디 말로 일축했다.

─로드께서 데려오라고 하셨으니까.

일순 페라쿠스의 눈에 두려움이 일며, 로드와 얽힌 기억들이 주마등처럼 스쳐 갔다.

소싯적 헤츨링이 어른들 얘기하는 데 버릇없이 끼어들었다며 혼이 났던 것부터 조금 더 커서는 경망스럽게 군다며 꾸짖음을 듣고, 고룡이 되어서는 나이를 헛먹고 말썽을 피웠다며 붙들려 가 3일 밤낮으로 두들겨 맞았던 일까지…….

세상에서 페라쿠스가 가장 두려운 게 있다면 그것은 바로 로드 드래곤 쉴루스였다.

"거짓말하지 마!"

발악하듯 소리치는 페라쿠스의 뇌리로 다시 이브릴의 뜻이 전해졌다.

-믿든 안 믿든 네 자유다. 대신 책임도 네가 지는 거야. 난 분명 전했으니까.

이브릴은 개의치 않겠다는 듯 동칠을 앞쪽으로 던져 주었다.

그의 입장으로 보자면 이 자리에서 페라쿠스가 동칠을 없앤다면 그보다 좋은 일은 없을 테니까.

그러나 역시나 페라쿠스는 고슴도치를 앞에 둔 것처럼 망설이고 있었다.

그리고 결국엔 포기를 선택했다.

정령의 부탁이나 들어주자고 로드의 뜻을 거스를 수는 없는 법이기 때문이다.

"손을 놓겠다. 데려가라."

"오랫동안 안 뵈었을 거 아냐. 인사라도 드려야지. 그냥 갈

거야? 나는 말을 전했는데."

이브릴이 짓궂게 굴고 있다. 그에 페라쿠스는 성을 낼 수밖에 없었다.

"너 이 녀석!"

"오해 말라고. 난 널 위해서 하는 얘기니까."

어쩌면 이 일로 로드가 트집을 잡을지도 모른다. 페라쿠스는 부글부글 끓는 속을 애써 다스렸다.

'그냥 인사다. 인사만 드리고 오면 되는 거다…….'

그가 마음을 굳히려던 찰나였다.

"크아아악!"

펼쳤던 마법들이 소멸되었지만 여파는 남아 있었다. 부근은 아직 뜨거운 것이다.

인간의 육신이란 하잘것없었다.

염력이 사라진 때라, 동칠은 열기를 감당 못하고 비명을 내지르고 있었다.

이는 이브릴도 인지 못하고 있던 상황이었다.

그러나 즐거운 일이기는 했다. 동칠이 고통에 몸부림치며 괴로워하고 있는 것을 보니 10년 묵은 체증이 다 내려가는 기분이었다.

저도 모르게 기분이 좋아져 살며시 입꼬리를 치켜 올리는 이브릴.

그런 이브릴에게 페라쿠스가 진중하게 말을 걸어왔다.

"이봐, 이브릴."

대답 않고 시선만 주는 그에게 페라쿠스는 뒷말을 이었다.

"너 뭔가 착각한 거 아냐? 앙탈 부리는 강아지 정도로 생각했다면 실수다. 저 녀석은 늑대 이상이니까."

그때였다.

화아악!

천지로 눈을 시리게 할 금빛이 뻗어나간 것은.

크기조차 가늠하기 힘들 정도의 강대한 기운이 동칠의 전신에서 뿜어져 나오는 중이었다.

이는 드래곤인 이브릴조차도 당황하게 만들 정도의 양이었다.

"뭐가 어떻게?"

페라쿠스의 표정도 심각해졌다.

"결국 둑이 터졌군. 그래도 저 정도일 줄은 몰랐는데……. 이브릴, 넌 설마 저 힘을 인지조차 못하고 있었던 거냐?"

이브릴은 미간을 찌푸린 채 어떤 대답도 못했다.

경황없는 그를 페라쿠스가 재촉했다.

"한가하게 떠들어댈 시간도 없군. 우선은 서둘러야겠다. 이브릴, 네가 근방의 사람들의 기억을 지워라. 그동안 내가 상대하고 있을 테니까."

"그 상태로?"

"현신할 생각이다."

일전을 불사할 각오로 페라쿠스가 현신을 하려 하고, 이브릴이 먼발치에서 이 광경을 보고 있는 가운데 불현듯 한 인영이 빛살처럼 달려왔다.

그는 페라쿠스와 이브릴에게 용무가 있는 게 아니라 동칠에게 용무가 있는 듯했다.

두 팔을 편 채 백발의 남자가 폭주하려던 동칠 앞에서 소리쳤다.

"그만하게!"

동칠의 입술이 열리며 평상시와는 다른 어눌한 말씨가 흘러나왔다.

"비… 켜……."

질세라 가르데일은 더 크게 소리쳤다.

"스스로도 충분히 괴로워하고 있잖나!"

금안이 잡아먹을 듯 노려보고 있지만, 가르데일은 굴하지 않았다.

이미 죽기를 각오한 상태였으므로.

"자네만 바라보는 사람들이 얼마나 많은지 잊었는가? 왜 사람들에게서 등을 돌리려는가? 자네답지 않… 큭!"

가르데일의 왼쪽 어깨가 한 뼘 찢어져 있었다.

이마저도 위협을 느끼고 몸을 옆으로 젖혔으니 망정이지, 하마터면 두개골이 갈라질 뻔했다.

선혈이 튀는 어깨를 오른손으로 감싸 쥐고, 가르데일은 처절한 고통 속에서도 말을 이었다.

"지… 금의 삶보다 그때의 삶이 훨씬 값지다는 걸 왜 모르나?"

종잇장처럼 얼굴을 짓이긴 채, 동칠이 성가시다는 듯 손을 휘둘렀다.

"신경 쓰인다."

횤!

쿠왕.

다른 때와는 비교도 할 수 없는 힘이었다.

아무리 설득을 위해 왔다고는 해도 긴장한 상태였기에 가르데일은 마나를 운용해 몸을 보호하고 있었다. 그런 그가 허무하게 날아가 땅에 깊숙이 처박힌 것이다.

동칠이 몸을 일으킬 무렵이었다.

엉망이 된 땅을 비집고 피투성이의 가르데일이 기어 나왔다.

비록 몸이 망가졌다고는 하나, 명색이 소드마스터이니 그 움직임엔 아직 흔들림이 없었다.

"동칠, 이러지 말게."

동칠은 시선도 두지 않고 손목을 흔들었다.

그러자 바람이 칼날처럼 변해 가르데일의 옆구리를 찢었다.

촤악.

균형을 잃은 가르데일의 몸뚱이가 휘청거린다.

 그때, 어금니를 꽉 깨물고 힘겹게 버티고 선 그의 뇌리로 누군가의 음성이 들렸다.

 ─인간, 이제부터는 내게 맡겨라.

 가르데일의 시선이 향한 곳에 피처럼 붉고 거대한 드래곤이 있었다.

 소란을 틈타 레드 드래곤 페라쿠스가 본체로 현신한 것이다.

 다른 존재도 아닌 드래곤의 말이다.

 하지만 가르데일은 어질한 머리를 짚었을 뿐, 그의 말을 귀담아듣지 않았다.

 "이쯤 하세. 동칠."

 페라쿠스에게 돌려졌던 동칠의 시선이 다시 가르데일에게 돌아왔다.

 바람이 또다시 허벅다리를 찢었지만, 만신창이가 되어서도 가르데일은 기어이 동칠 앞에 다가가 손을 내밀었다.

 "나와 돌아가세."

 심신이 말이 아닌지라, 온몸에서 땀과 피를 쏟으면서도 가르데일은 사람 좋은 미소를 짓고 있었다.

 그러나 한계는 거기까지인 듯했다.

 뚝.

 무리한 움직임으로 덜렁거리던 다리의 힘줄이 완전히 끊

어져 버린 것이다.

 하지만 약한 모습은 보이고 싶지 않았기에 가르데일은 동칠에게 쓰러지며 그 목에 두 팔을 걸었다.

 "내가 지켜 주겠네. 자네는 요리사지, 나 같은 싸움꾼이 아니잖나."

 그제야 내면 깊은 곳까지 가르데일의 진심이 전해졌는지 동칠의 눈시울이 뜨거워졌다.

 '가… 가르데일…….'

 그가 떠오르자 데몬도, 판테스도, 보덴도, 하만도, 율카스도, 그리고 샨도 연이어 떠올랐다.

 "하지 않겠어."

 가르데일이 경직된 그 순간, 동칠의 속에선 번뇌가 찾아들었다.

 -마음을 독히게 먹어라. 살고자 하면 이겨야 한다. 흔들리지 마라.

 "필요 없어. 다시는 쓰지 않겠어."

 염력과 동칠의 의견 대립!

 이긴 건 동칠이었다.

 그렇게 온 세상을 금빛으로 물들이려던 염력이 사라지고 있었다.

쓰러진 건 두 사람 모두였다.

가르데일은 너무 많은 피를 흘려서, 동칠은 체력을 너무 낭비한 뒤라 졸도한 것이다.

페라쿠스가 돌아서서 자신을 주시하고 있는 이브릴에게 뜻을 전했다.

-일단 내 레어로 이동하겠다.

이브릴이 고개를 끄덕였고, 페라쿠스는 현신을 한 채로 동칠과 가르데일을 들고는 눈부신 빛과 함께 사라졌다.

이어서 이브릴의 손끝에서 퍼진 희멀건 기운이 하늘 높이 올랐다가 눈처럼 변해 사람들의 머리 위로 떨어져 내리기 시작했다.

이 열기를 뚫고 눈이 내린다는 게 신기한 듯 모두가 놀라고 있을 무렵 이브릴은 샐리스트와 공간 이동을 해서 사라졌고, 곧 사람들은 어리둥절해했다.

"어라? 뭔가 이상한데?"

"우리가 여기 왜 있던 거지?"

무리 중 누군가가 떠오르는 기억을 얘기했다.

"악귀 같은 자를 쫓아왔잖소."

"참, 그렇군. 그런데 그자는 어디 갔지?"

수수께끼와도 같은 현상에 대답을 내어줄 만한 이는 아무도 없었다.

※ ※ ※

초조함 속에 하루하루가 흘러갔다.

판테스를 비롯한 종업원들은 동칠에 대해 들려오는 소식들에 민감하게 반응했다.

특히나 동칠이 애꿎은 사람들을 해치고 다닌다는 이야기는 도저히 들어줄 수 없는 대목이어서 소식을 전해온 이와 드잡이질까지 벌였다.

한숨을 쉬는 일이 많아지며, 막내인 율카스의 이마에도 두 줄의 주름살이 생겨났다.

저제면 올까 이제면 올까 학수고대하며 종업원들은 주로

바깥에서 시간을 보냈다. 그러나 동칠이 와룡반점을 끔찍이 아꼈던 일을 회상하며 멀리 나가지는 못했다.

드래곤이 동칠을 찾아 나선 마당이니 자신들이 나서봤자 미미한 도움도 못 될 터였다.

오히려 자신들의 나약함이 위험을 안겨 줄 수도 있겠다 싶어 그들은 와룡반점에 남아 있기로 마음을 굳힌 것이다.

"흐흑."

안으로 들어서던 보덴은 오늘도 어김없이 흐느끼는 소리가 들려오는 샨의 방을 보다가 고개를 절레절레 흔들면서 자신의 방으로 들어갔다.

그녀의 방 앞에서 만드라고라는 푹 숙인 고개를 들 줄 모르고 몸을 배배 꼬며 한 발을 비볐다.

동칠이 사라진 때, 재빨리 알리지 못해 못내 미안한 것이다.

사실 힘들기로 따지자면 만드라고라도 마찬가지였지만, 대견하게도 그녀는 종업원들의 기분 먼저 살폈다.

특히나 애절함이 잔뜩 묻어나는 샨의 울음소리를 듣고 있노라면 가슴이 먹먹해졌다.

머리 위의 꽃도 피지 않은 지 한참이 흘렀다.

꽃이 피건 피지 않건 그녀는 하루빨리 주인이 웃는 얼굴로 돌아와만 준다면 더 바랄 게 없었다.

마침 판테스가 들어오며 그런 만드라고라에게 다가와 머

리를 쓰다듬어주었지만, 만드라고라는 어떤 위안도 얻지 못했다.

그저 미안하고 또 미안해서 더 깊게 고개를 숙일 뿐.

판테스는 그런 만드라고라에게 다정하게 말을 건넸다.

"미안해하지 않아도 된다. 네 잘못이 아니니까."

아이처럼 눈만 크게 뜨고 자신을 바라보는 만드라고라는 무척이나 귀여웠지만, 판테스는 방긋이 웃어줄 뿐이었다. 그 또한 동칠의 부재에 힘이 드는 것이다.

지금 이 순간 그가 신에게 바라는 게 있다면 오직 동칠의 무사 귀환이었다.

'많은 이들이 힘들어합니다. 도대체 저희를 버리고 어딜 가셨습니까?'

그렇게 동칠을 원망하며 돌아서던 순간이었다.

대크루거 제국의 황제 오테라스가 현관문 안으로 들어서고 있었다.

"소식도 없었나?"

오테라스는 테이블 위에 엎어진 물 컵을 어루만지는 중이었지만, 그 질문은 틀림없이 판테스 자신을 향한 것이었다.

손발이 오그라드는 기분에 판테스는 허리를 숙여 보이고서 최대한 예를 갖춰 답했다.

"소식은 있는 것으로 압니다. 멜브룩에서……."

하나, 오테라스의 근엄한 목소리가 이어지는 바람에 판테스는 뒷말을 이을 수 없었다.

"이미 전해들은 얘기로군. 후에 들은 바로는 멜브룩에서 사라졌다고 하였다."

굳이 말을 섞을 필요도 없었다. 제국의 황제는 자신보다도 많이 알고 있질 않은가.

하지만 판테스는 불만 섞인 표정조차 짓지 못했다. 괜스레 그의 기분을 거슬러 좋을 것이 없기 때문이다.

"저도 그 이상은 모르겠습니다."

실망한 눈을 들어 오테라스는 판테스를 보았다.

그 눈빛을 마주한 것만으로 판테스는 자신이 한없이 작아짐을 느꼈다.

분명 그래야 할 이유가 없었다. 자신은 그의 신하가 아니니 말이다.

그런데도 판테스가 움츠러드는 이유는 오테라스의 전신에서 풍기는 중압감 때문이었다.

숨쉬기조차 버거워하는 판테스에게서 시선을 떼고, 식당 내부를 둘러보던 오테라스는 문득 한 곳에 시선을 고정시켰다.

"저곳이 이상하게 눈에 밟히는군. 기분 탓인가?"

판테스는 식겁했다. 그가 지금 쳐다보는 방은 자신들의 방도, 샨의 방도, 데몬의 방도 아닌 드워프들의 방이었다.

엉큼한 삼식이? • 125

드워프들이 있다는 것을 들키는 것보다 그곳과 연계된 레어에 있을 그분을 들키는 게 더 큰 문제였다.

'목숨을 바쳐 막아보기야 하겠지만……'

천만다행으로 오테라스의 관심은 거기까지였다.

"뭐, 주인이 없으니 볼 수도 없군."

스스로 욕심을 접은 것이다.

혹여나 나중에 돌아온 동칠이 이 일로 토라지지 않을까 염려해서다.

"소식이나 들을 수 있을까 해서 왔는데 결국 헛걸음이로군. 이만 돌아갈 터이니 혹시 그가 돌아오면 근위 마법사에게 알려 주게."

"예, 폐하."

그저 물러가준다는 것에 고마워서 판테스는 마음에도 없던 경배심을 내보였다.

그러나 오테라스는 어떠한 감흥도 못 느끼는지 들은 체 만 체다.

종업원들이 그 속내를 본다면 무척 서운해할 일이지만, 오테라스는 와룡반점에서 요리사인 동칠만 사람으로 취급했다.

잠시 후 그가 문밖에 서 있던 황실 근위 기사들과 사라지자 판테스는 안도의 한숨을 쉬었다.

정말이지 십년감수했다.

매일이 요즘 같다면 판테스는 10년 안에 꼭 늙어죽을 것만 같다는 생각이 들었다.

※ ※ ※

"드르렁, 피~ 유~ 드르렁, 피~ 유~"
타닥타닥.
모닥불을 피워놓은 앞에서 삼식은 거하게 코까지 곯아가며 잘도 자고 있다.
확실히 전과는 달라진 모습이었다. 밤공기가 찬 데도 담요까지 걷어차고 있질 않은가.
이반은 그런 삼식의 옆에 앉아 마른 장작을 모닥불에 던져 넣다가 그를 물끄러미 바라보았다.
'예전처럼 오만해질까 봐 핀잔을 주었다만, 모든 면에서 확실히 나아지기는 했다. 하나 궁금한 것이 있다면……'
그가 궁금해하는 건 삼식의 마나 수련이 얼마나 진척되었느냐다.
이제는 신경이 무뎌질 정도로 늙어버린 이반이었기에, 겉으로만 보고 마나의 양을 측정한다는 건 그에게 무리한 일이 되어버렸다.
욕심이 슬그머니 일어났다.
"이걸 확인을 해, 말아?"

삼식이 세상모르고 자고 있는 상황이니 빙의를 한다 해도 딱히 문제 될 것은 없어 보였다.

 결국 길게 고민하지 않고 이반은 그 자리에서 가부좌를 틀고 명상에 잠겼다. 하지만 삼식의 정신세계가 전보다 더 산만해진 탓에 영혼의 잠입은 쉽지 않았다.

 무수한 사념체들이 뒤죽박죽 엉켜 돌아다니는 바람에 이반은 곤혹스러워졌다.

 '이거 길을 잃는 건 아닌지 모르겠군.'

 하지만 달려오는 놈들을 피하고 밀어내며 이반은 꾸준히 접근했고, 그 결과 삼식의 몸을 장악할 수 있었다.

 이반의 육신은 이미 픽 쓰러진 상태였고, 그 옆에 잠들어 있던 삼식의 눈꺼풀이 이반의 의지에 의해 열렸다.

 이윽고 삼식에게 잠입한 이반은 그 몸을 일으켰다.

 명령으로써 사념체들을 질서 있게 정돈시키자 마음이 잔잔히 흐르는 물처럼 평온해졌다.

 이반은 삼식의 양손을 들어 손바닥을 살펴보았다. 서서히 신체에 적응되어 시야가 맑아지기 시작한다.

 쯔릿.

 안력에 기운을 주입할 것도 없었다. 손안의 빛살들이 흐릿하게나마 투영되어 보였기 때문이다.

 불쑥 떠오르는 의문이 있었다.

 "이 녀석은 손바닥에 마나를 다 끌어 모았나?"

비단 보이는 것만이 전부가 아니었다.

마나로 짐작되는 빛살들이 손바닥 주위를 공전하듯 유유히 맴돌고 있는 것이다.

한층 커진 놀라움으로 이반은 몸 전체로 시선을 돌리다가 경악하고 말았다.

"마, 맙소사!"

마나가 들어찬 곳은 손바닥만이 아니었다. 팔목으로도, 팔뚝으로도, 어깨로도……

안이 꽉 차버린 바람에 더 들어갈 자리를 못 찾은 마나들이 삼식의 몸 주변을 떠돌고 있었다.

"이 녀석, 어떻게 이런 양의 마나를……"

천부적이라고밖에는 달리 표현할 길이 없을 것이다.

그가 삼식에게 전해준 마나 연공술이 비록 뛰어난 것이기는 했으니, 그 제자 중 최고로 꼽는 오테라스조차도 단시일에 이렇게 많은 양의 마나를 쌓지는 못했다.

경악은 머잖아 실망으로 바뀌었다.

"못난 놈, 마나가 아깝다."

이 방대한 마나를 제대로 활용하지 못하는 삼식이 그저 한심할 따름인 것이다.

그 즉시 이반은 마나를 운용했다.

불규칙적으로 움직이며 서로 충돌하던 마나들이 고르게 흘러가며 체내의 힘을 증폭시켜 주자, 뜨거운 열기가 전신으로 느껴졌다.

"당혹스럽군. 버거울 지경이야."

정제된 마나랄까.

불순해진 마나들을 내보내니, 겉으로 맴돌던 마나들이 제각기 자리를 차지하고 들어왔다.

호수처럼 고요하고 평화롭다.

그는 지그시 감았던 눈을 뜨고 혼잣말로 중얼거렸다.

"어디, 시험을 좀 해볼까?"

쾅!

땅을 박차고 뛰어오르자 무시무시한 속도로 몸이 치솟으며 금세라도 구름이 눈에 들어올 듯하다.

그에 이반은 실색을 금치 못했다.

"허어."

맹세컨대 이렇게 높은 곳에서 세상을 내려다본 건 처음이었다.

한참 후에야 땅으로 내려선 이반은 또 한 번 놀랐다.

발을 구른 곳을 중심으로 지면이 사방으로 쩍쩍 갈라져 있었다. 그 틈새가 어린아이 하나 들어갈 공간이었으니, 경탄성이 절로 나왔다.

"이건 뭐 초인이 따로 없군."

눈여겨볼 점은 또 있었다. 이반 자신의 육신이 아까와는 반대로 뒤집혀 있는 것이다.

아마도 땅이 받은 충격으로 인해 떠올랐다가 떨어진 듯했는데, 다행히 큰 상처는 없어 보였다.

그에 대한 걱정을 접어두고서 이반은 오른팔에 마나를 집중시켰다.

그러자 손바닥에서 마나가 아지랑이처럼 피어났다.

그것이 눈으로도 선명히 보일 지경이어서 이반은 이질감마저 느꼈다.

"상상을 초월하는군. 이 정도일 줄이야."

이반은 경이로운 시선으로 삼식의 몸을 찬찬히 뜯어보았다.

남들보다 조금 허리가 길고 다리가 짧은 사항만 빼면 전반적으로 특별한 체형이라고는 볼 수 없었다.

곧이어 손에 마나를 집중시키자, 엷고 푸르스름한 불이 일어난 것처럼 이글거린다.

그 경이로움에 이반은 잠시 넋을 놓고 말았다.

그는 가까운 곳의 훈련용 검을 들고서 그 기운을 주입해보았다.

차카가가각.

훈련용 검은 빠른 속도로 푸르스름한 색으로 변해 가는가 싶더니 결국엔 유리처럼 부서졌다.

파각.

바닥에 널린 깨진 철 조각들을 무심한 눈으로 보던 이반은 짤막한 소견을 내비쳤다.

"일반 검으로는 이 힘을 감당할 수 없는 건가?"

분명 그러할 것이었다.

검술에 관한한 이반만큼 많은 지식을 보유한 이도 없다.

그런데도 이반이 대륙 최강의 검사가 되지 못한 이유는 그 고급 검술들을 실용화할 힘이 없었기 때문이다.

하지만 이젠 다르다.

아직 완전한 것은 아닐 테지만, 삼식이 이대로만 마나를 축적해 나아간다면 이제껏 선보이지 못한 비장의 기술도 펼쳐 보일 수 있을 터!

이제야 이반은 바트리어스의 말을 이해했다.

그녀가 미래의 영웅으로 지목한 삼식에게 왜 자신을 붙여 주었는지를.

다가올 위기를 생각하며 이반은 잠시 눈을 감았다.

이제는 조바심도, 걱정도 씻은 듯 사라졌다.

'부딪쳐 보는 것이 답일 터!'

부릅뜬 이반의 눈은 투지로 물들었다.

자신의 몸으로 돌아가기 위해 이반이 돌아서려던 때였다.

뭉클.

부드럽고 말캉한 뭔가가 등에 닿으며 서서히 뭉그러졌다.

'이, 이 감촉은?'

이반도 남자였다.

비록 지금은 혼자라지만, 그도 혈기왕성했던 시절이 있었다. 하니, 어찌 여인의 푸근함을 모르겠는가.

아니나 다를까, 여인의 간드러지는 음성이 숨소리와 함께 찾아와 귓불을 자극했다.

"삼식아."

꺽쇠를 찾는 마님의 것처럼 슬며시 다가온 목소리.

그것이 시모에르의 것임을 알아챈 이반은 허리를 감은 그녀의 팔을 풀고서 돌아섰다.

하지만 돌아선 순간, 그는 멍해졌다.

차라리 실오라기 하나 걸치지 않은 게 나았을지도 모른다.

안이 훤히 들여다보이는 드레스를 걸친 시모에르는 요염하다 못해 농염했다.

봉긋한 봉우리가 이반의, 아니 삼식의 얼굴을 새빨갛게 만들었다.

게슴츠레 뜬 눈만으로도 충분히 부담스럽거늘, 상체를 비스듬히 기울여 상반신을 밀착시키니 이성이 달아나려 한다.

더불어 가슴이 콩닥콩닥 뛰고 호흡이 가빠졌다.

이반 자신의 늙어버린 몸이었다면 이런 반응이야 당연히 없었겠지만, 지금은 삼식의 몸에 들어온 상태가 아닌가.

그녀는 배려도 없는지 콧소리까지 과용했다.

"흐응."

뇌쇄적인 그녀 앞에 이반은 무력했다.

제자의 몸을 빌리고 있는 입장에서 제지가 필요했지만, 딱딱하게 굳어버린 입술은 어떤 의사 표시도 못하고 떨어댈 뿐이었다.

"버버버……"

갓 딴 앵두를 문 입술이 예고 없이 다가왔다.

"아앙~"

새하얗게 질려 버린 머릿속에는 단 하나의 생각이 들어찼다.

다가오는 시모에르의 입술과 닿으면 앞으로 삼식의 얼굴을 어떻게 볼 것인가.

이반은 극한의 인내심을 발휘해 교태를 부리며 유혹해오는 시모에르를 발작하듯 밀쳐 냈다.

"이, 이러지 맛!"

한데, 힘이 너무 들어간 탓일까?

시모에르는 뒤로 서너 바퀴를 굴러 볼썽사납게 나자빠졌다.

그러나 쓰러진 그 모습조차도 고혹적이었다.

치마가 얇은 탓에 잘빠진 허벅지와 각선미는 물론이고 둔덕이 훤히 비치는 것이다.

더군다나 그녀는 무방비 상태!

안면 전체에서 김이 피어오를 지경이었고 코로 거친 숨이

훅훅 뿜어져 나왔지만, 이반은 욕정을 짓누르려 애썼다.

그는 미친 듯 이반의 육신으로 달려가 시모에르를 등진 채 가부좌를 틀었다.

정신 집중이 힘들었지만, 해야만 했다.

그렇게 사념들을 끊임없이 떨쳐 내며 호흡을 고른 끝에 마침내 이반은 삼식의 몸으로부터 나올 수 있었다.

"으아아암, 잘 잤다."

뭔 일이 있었냐는 듯 삼식이 기지개를 켜며 일어났다.

그리고 잠시 후, 제 몸을 되찾은 이반은 욱신거리는 부위들을 두들겼다.

"아이고, 나 죽네……."

"스승, 왜 그래?"

"삼식아, 나 좀 일으켜 다오."

웬일로 삼식이 군소리 없이 부축해주었다.

곧이어 삼식이 가져온 오래되어 해진 쿠션에 등을 붙이고 나니 이제야 좀 살 것 같았다.

"고맙구나."

이반의 인사에도 삼식은 아무 감흥도 느끼지 못했다. 그저 형식적인 말로만 대응할 뿐.

"뭘."

삼식에게서 시선을 뗀 이반은 다소 어두운 표정을 지었다.

얼마 전까지만 해도 움직이는 데 아무런 무리가 없던 몸이었다.

이유가 있다면 아까 삼식의 몸으로 잠입해 발을 구른 것 정도일 터였다.

'허공으로 떠올랐다 떨어졌기로서니 몸을 가누지 못할 정도라니.'

이미 자신의 육신은 늙어버린 관계로 곯을 대로 곯은 모양이다.

'앞으로는 조심해야겠군.'

작금, 이반은 젊은 삼식이 그렇게 부러울 수가 없었다.

이반은 미안한 눈을 들어 시모에르에게 고개를 돌렸다. 그녀의 자세는 아까와 마찬가지였는데, 지금은 일말의 욕정도 치밀지 않았다.

이 또한 몸이 노쇠한 탓.

이반을 따라 삼식의 고개도 시모에르에게 돌려졌다. 그러자 반사적으로 삼식의 입이 벌어지며 침이 질질 흘러내렸다.

자신의 그런 모습이 추하다는 것은 인지 못하고 삼식은 콧김을 쉭쉭 내뿜으며 시모에르에게 한발 한발 다가섰다.

'늙은이는 비켜 줘야겠지?'

이반이 허리를 부여잡고 자리를 비켜 주려 하는데, 느닷없이 앙칼진 외침이 터져 나왔다.

"손 못 떼?"

화들짝 놀란 이반이 돌아보자 삼식의 손이 시모에르의 탐스러운 엉덩이에 가 있다.

원래대로라면 문제가 안 될 것이었다.

시모에르 또한 삼식을 유혹하기 위해 저런 차림으로 온 것이 아니던가.

원인은 이반에게 있었다.

찰싹!

따귀까지 얻어맞은 삼식에게 미안한 마음이 들었지만, 이반은 피식 웃을 뿐 그녀의 오해를 풀어주려고 하지는 않았다.

※ ※ ※

동칠은 죄책감을 거둘 길이 없었다.

양심이 있는 사람이라면 누구나 그 같을 것이다.

그저 주먹다짐하듯 싸우다 다친 정도라면 모르겠지만 그들이 입은 부상은 심각했다.

당연히 그중엔 불구가 된 이도 있을 수 있다.

하나, 주먹으로 땅을 치고 후회한들 어쩌겠는가. 이미 엎질러진 물인 것을.

특히나 눈앞의 침상에 누워 있는 가르데일이 자신 때문에 다친 것을 알게 된 후여서, 동칠은 차마 얼굴을 들지 못했다.

그의 표정이 어두운 만큼 이브릴의 표정은 밝아져야 정상일진대, 오늘 이브릴은 그러지 못했다. 동칠이 지닌 힘에 대한 놀라움이 아직 가라앉지 않아서였다.

 '필시 꾸뤼릭 한 마리 상대하기 힘들 텐데, 어디서 그런 힘이 나왔을까?'

 샅샅이 탐색해봐도 그 속에 있는 마나는 미량에 불과하다. 자신을 당황하게 만들고, 페라쿠스를 현신하게 만들었던 힘은 전혀 느껴지지 않는다.

 와룡반점에 머무르면서도 이브릴은 여태 동칠의 힘을 간과해왔다.

 일전에 부딪쳤던 경험이 있던 나머지 그의 힘이 자신이 우려할 만한 정도는 아닐 거라 판단했던 것이다.

 그러나 오늘 알게 된 동칠의 힘은 드래곤을 당황하게 만들 만큼 위협적이었다.

 이브릴이 난색을 떨치지 못하고 있는 사이, 페라쿠스가 다가왔다.

 "기억을 뒤져 볼까?"

 그 또한 동칠이 불가사의하긴 마찬가지여서 꺼낸 말이었는데, 이브릴은 동조하지 않았다.

 "아서라. 그분께서 가만히 계시지 않을 테니까."

 그분이 누구를 지칭하는지 단박에 알아듣고 페라쿠스는 욕심을 접었다. 대신에 다른 걸 물어왔다.

"왜 저 인간이 그분의 호의를 사게 된 거지? 정체불명의 힘 때문에?"

"그분께서도 모르실 거다."

"뭐야, 그분께서는 지금 혜슬링 상태라고 얘기하지 않았나? 저런 인간을 그분 옆에 둘 생각이냐? 네가 아무리 곁에 있을 거라지만 잠깐 방심이라도 하면……."

"말씀을 드려 볼 생각이다."

그 무렵, 막 저쪽 편의 침상에서 가르데일이 찌푸린 인상을 하고 몸을 일으켰다.

"괘, 괜찮아요?"

통증이 가시지 않았는데도 가르데일은 밝게 웃었다. 동칠이 본모습으로 돌아온 게 무척이나 반가워서다.

"걱정 말게. 그건 그렇고, 이젠 자네 맞나?"

농을 섞었지만 동칠은 웃을 처지가 못 되었다.

"왜 그렇게 된 건지 모르겠어요. 미안해요. 정말……."

푹 숙인 고개가 쉽사리 들려질 줄 몰랐다.

가르데일은 동정심에 오른팔을 뻗어 동칠의 오른손을 잡았다.

"돌아왔으니 됐네."

차마 입 밖으로 꺼내지는 못했지만 동칠에 대한 바람도 있었다.

'정말이지 끔찍했어. 난 자네가 화를 낼 일이 다시는 없었

으면 좋겠군.'

그리고 보니 이상했다.

분명 오른쪽 어깨는 심각하게 벌어져 뼈까지 상했었다. 자연히 오른팔을 내민다는 것 자체가 불가해야 했다.

한데, 의아한 기분에 몸을 살펴보니 상처가 하나도 없었다. 자신도 모르는 사이에 씻은 듯 나은 것이다.

"어, 어째서?"

양파 껍질처럼 의문점은 늘어만 갔다.

저 높은 천장 하며 사방으로 보이는 드워프들, 그리고 기괴한 조각상들과 용도를 알 수 없는 물건들.

한쪽으로는 황궁의 도서관이라고 봐도 좋을 만큼 많은 서적이 있었고, 다른 한쪽으로는 10미터는 거뜬히 넘을 듯한 높이의 거대한 테이블이 있었다.

'여긴 어디지?'

그의 눈이 거대한 실험실로 향할 무렵이었다. 자그마한 소리가 가르데일의 귓전에 와 닿았다.

"일어났군그래."

이브릴과 함께 있는 적발 남자의 목소리였다.

그때, 동칠이 풀지 못한 의문 중 하나를 해소해주었다.

"저 사람이 치료해줬어요."

그만한 상처라면 불구가 되었을 수도 있다. 어차피 죽을 걸 각오하고 몸을 던진 것이 아니었던가.

가르데일이 고맙다는 인사라도 하려 몸을 일으키는데, 페라쿠스는 몰인정하게 고개를 홱 돌려 버렸다.

 애초에 페라쿠스에게 가르데일이란 사람은 관심 밖이었다. 그저 그 또한 와룡반점의 식구라는 소리를 듣고서 행한 일이었다.

 로드에게 책잡힐 만한 거리를 남기지 않기 위해서다.

 [어쩔 셈이야?]

 어느새 나타난 샐리스트가 페라쿠스에게 묻고 있었다. 페라쿠스는 태연히 말했다.

 "별수 없이 돌려보내야지. 이젠 내 권한 밖이니."

 분명 억울함은 남아 있었다.

 하지만 그녀도 이쯤에서 그만두어야 한다는 것쯤은 인지하고 있었다.

 저자가 가진 힘은 자신이 어떻게 해볼 힘도 아니었거니와 이제는 그때의 기운도 느낄 수 없어 미움도 많이 삭여진 상태다.

 꼭 두 드래곤이 느끼는 바를 그녀 또한 느끼는 중이었다.

 '이상해. 그런 힘이 어디서 나왔는지······.'

 이들이 의문을 가지는 건 당연했다.

 신은 그에게 세상에 존재하지 않는 힘을 내주었으니 이들이 알 도리가 없는 것이다.

 로드에게 가야 할 시기를 놓고 한참을 얘기하던 드래곤들은 결론을 도출했다.

"매도 먼저 맞는 게 낫겠지."

페라쿠스의 말에 이브릴은 냉소를 머금었다.

"잘 왔다며 칭찬해주실 거다."

곧이어 페라쿠스와 이브릴이 동칠에게 다가가려는 때, 샐리스트의 의사가 둘을 붙들었다.

[나도 같이 가겠어.]

어디까지나 그녀는 근처에서 동칠을 관찰코자 했다.

저자가 가진 힘은 너무도 위험하다.

힘의 실체를 알게 되고, 만일 정말 문제가 되는 힘이라는 확신이 서게 된다면 불의 정령왕께 보고를 드릴 생각인 것이다.

마치 그녀가 품은 생각을 훤히 꿰뚫어 보고 있다는 듯 페라쿠스가 물었다.

"꼬마는 버려둘 생각이냐?"

여기에 있으면 시드의 안전은 보장될 것이다. 하지만 시드는 그것을 원치 않는지 풀이 죽은 모습이었다.

이해 못할 바도 아니었다. 인간이 인간 세상에서 살지 못하면 그 무슨 재미겠는가.

생각을 정리한 뒤 샐리스트는 시드와 함께할 뜻을 내비쳤다.

[데려가야지.]

"내 집은 누가 보고?"

[가디언들이 있으니 비워둬도 상관없잖아.]

사실 페라쿠스가 시드를 여기 놔둔 이유는 드워프들의 감시 명목이었다. 그러나 지금 드워프들은 시드가 아무 힘도 없는 인간에 불과하다는 걸 알아챘을지 모른다.

잠시라도 드워프들이 게으름을 피울까 걱정되었던지 페라쿠스는 마법 무구들을 산더미처럼 쌓아둔 방에 다녀왔다. 그리고 레어 정중앙에 수정구를 세우고는 드워프들 전부에게 위협을 실어 말했다.

―당분간 이 수정구가 너희의 일거수일투족을 감시할 것이니라.

그러자 위에서, 혹은 아래에서 눈치만 보던 드워프들이 뜻을 알아들었다는 듯 대답했다.

"그럴 일은 없을 것입니다. 위대한 분이시여."

이때까지 페라쿠스는 정말 인사만 드리고 올 생각이었다.

 동칠의 귀환을 가장 반긴 것은 샨이었다.

 그녀는 눈물까지 흠뿌리며 달려와 동칠의 품에 와락 안겼다.

 전에도 이와 비슷한 경험은 있었지만, 오늘 동칠은 그녀를 쉽게 떼어놓을 수 없었다.

 "잘 있었어?"

 다정하게 묻는 말에도 불구하고 샨은 동칠의 가슴을 세차게 두들겨 댔다.

 "그러는 게 어디 있어요. 엉엉."

 동칠은 씁쓸한 기분이 들었다. 자기라고 그러고 싶어 그랬겠는가.

중요한 건 샨은 동칠의 신변에 생겼던 문제들을 전혀 알지 못한다는 점이었다.

동칠이 부재중인 사이 그녀가 깨달은 건 호감 그 이상의 감정이었다.

즉, 샨은 동칠을 마음속 깊이 흠모하고 있었던 것이다.

동칠이 행방불명된 뒤, 그녀는 아무리 많은 돈을 만져도 행복하지 않았다. 꼭 가장 중요한 뭔가가 인생에서 빠져나간 느낌이었다.

이렇게 품에 안겨 있는 지금에야 모자란 부분이 채워진 듯하니, 이 어찌 사랑이 아니겠는가!

흐느껴 울면서도 서글프지 않았다.

만일 이 자리에서 신이 자신에게 넘쳐 나는 돈과 동칠 둘 중 하나를 선택하라면 주저하지 않고 택할 것이었다.

따스한 팔로 자신을 안아주고 있는 동칠을…….

샨이 동칠을 독차지하는 바람에 종업원들은 그를 바라볼 수밖에 없었다.

샨만큼은 아닐지 몰라도 그들 또한 동칠의 빈자리에 식욕도 잊고 살 정도로 슬퍼했다. 핼쑥해진 얼굴들이 그를 입증하고 있었다.

네 사람 다 할 말은 많았지만, 누구 하나 입을 열지 않았다.

'지금은 샨에게 양보해주어야지…….'

데몬의 마음도 종업원들과 크게 다르지 않아, 재회의 기쁨이 그대로 눈빛에 묻어났다.
"이 사람들, 잘 있었나?"
그 순간, 방금 들린 목소리에 와룡반점의 식구들은 귀를 의심했다.
"설마……."
목소리의 주인으로 짐작되는 사람이 현관문 안으로 들어섬으로써 그 의심은 종지부를 찍었다.
"어르신!"
"스승님!"
데몬의 눈도 끝 모를 반가움에 이채를 띠었지만 잠시였다.
그는 동칠과 샨을 의식하더니 가르데일에게 바짝 달라붙어 비난의 목소리를 냈다.
"눈치 없이 지금 들어오시면 어쩝니까?"
가르데일은 쉰 목소리를 냈다.
"어쩔 수 없었네."
뒤를 이어 들어오는 대상을 보는 순간, 데몬은 가르데일의 말을 십분 이해했다.
그는 다름 아닌 이브릴이었던 것이다.
어떻게 가르데일과 동칠, 이브릴이 함께 오게 된 것일까?
제각기의 추리가 말없이 펼쳐졌다.
'그랬구나. 사장님께서는 기운을 차리시자마자 가출하신

스승님을 찾으신 거였어. 오는 도중 저 드래곤을 만났던 거고…….'

'역시 사장님께서 어르신도 찾아달라고 하셨던 걸까?'

'놀랍다. 사장님을 찾고, 어르신까지 찾아오다니.'

'혹시 사장님이 가르데일 어르신을 찾아오는 도중에 그를 만났던 걸까?'

비교적 가깝게 접근하는 사람은 데몬뿐이었다.

'이해할 수가 없군. 저들 사이에 무슨 일이 있었던 거지? 동칠이 정상으로 돌아왔다. 표정을 보아하니 가르데일 공도 오해를 푼 듯하고. 저 드래곤의 역할은 동칠을 찾아오는 것이라고 들었는데……. 변하지 않은 표정으로 보아서는 십중팔구 저 드래곤은 동칠의 요구로 가르데일을 찾아주지는 않았을 것이다.'

그러나 데몬도 그간의 사정을 헤아리는 것은 뒤로 미루어두어야 했다. 한 사람이 더 들어와서였다.

핏빛처럼 붉은 머리칼을 하고 있는 젊은 미남자다.

초면인 만큼 종업원들은 머리를 숙여 보였지만, 그는 빳빳이 세운 고개를 살짝도 내리지 않았다. 종업원들은 죄다 무시를 당한 것이다.

율카스와 보덴은 불쾌함을 내비쳤지만, 도리어 그로 인해 판테스에게 꾸중을 들었다.

"아서라. 사장님 손님이시니."

물론 다른 전제도 있을 수 있었다. 가르데일 공의 손님이거나, 이브릴의 손님······.

판테스는 제일 후자가 아니기를 바랐다.

그때, 뒤늦게 현관문 쪽이 밝아졌다.

그것을 확인한 하만이 모두에게 경각심을 일깨우려 크게 소리쳤다.

"불이야!"

모두의 시선이 향한 곳에 샐리스트가 있었다. 문의 높이가 낮은 탓에 차마 들어오질 못하는 것이다.

그렇다고 문제가 되지는 않았다. 점차 작아지던 그녀는 꼭 이브릴만 해져서, 안으로 들어오는 데 더 이상 힘들지 않았다.

"저, 정녕?"

데몬의 말소리를 들었는지 샐리스트는 고개만 돌려 그를 마주 보았다.

그녀를 향한 걱정은 종업원들 누구에게나 있었다.

그것을 행동으로 옮긴 것은 주방에서 빠끔히 얼굴만 내밀고 있던 만드라고라였다.

그녀는 당장 물통에 물을 싣고 와서 샐리스트를 향해 쫙 뿌렸다.

어디까지나 가게를 지키고자 함에서였다.

느닷없이 물세례를 받았지만 식었던 불길은 다시금 살아

났고, 당황하는 만드라고라에게 샐리스트의 분노가 돌려졌다.

[이것이!]

타오르는 손이 그녀를 향하려는 때, 늦지 않게 이브릴이 제지시켰다.

겉보기엔 별 볼일 없는 만드라고라에 불과할지 몰라도 그녀는 명실공히 로드의 룸메이트다. 이브릴은 단지 그 이유로 나선 것이다.

하여, 만드라고라 따위에게 곤욕을 당한 게 열이 받았지만 지금 이 자리에서는 어쩔 수 없었다.

'이번은 그냥 넘겨주겠다만······.'

경고의 표시로 샐리스트가 쏘아보자 만드라고라는 깜짝 놀라 동칠의 뒤로 숨었다.

여기서 한가하게 떠들어댈 생각이 없었기에 이브릴은 페라쿠스를 데리고 제 방 드나들듯 드워프들의 방으로 향했다.

※ ※ ※

"와아, 굉장히 맛있어요."

두 드래곤이 로드를 알현하는 사이 동칠은 시드에게 요리를 대접했다.

마음 같아서는 자장면과 짬뽕, 탕수육보다 더 많은 요리를 내어주고 싶었지만 재료가 없었다.

 하지만 시드는 이 세 음식만으로 충분히 경탄했고, 만족스러워했다.

 [그렇게 맛있어?]

 "제 평생 이런 음식은 처음이에요. 세상에 이런 음식이 존재한다는 게 놀라울 정도예요."

 말을 섞던 샐리스트는 호기심이 일었다.

 대체 어떤 맛이기에 시드가 저리도 흥분을 하는 것인지에 대해서.

 정령인 이유로 샐리스트는 음식을 섭취하지 않았다. 일체 그럴 필요가 없었기 때문이다. 먹지 않아도 살 수 있고, 잠을 자지 않아도 괜찮았으니 말이다.

 "한번 먹어볼래요?"

 시드가 젓가락에 끼워 내민 건 양념이 듬뿍 배인 탕수육이었다.

 '먹어봐?'

 필시 입안에 넣는 즉시 타서 녹아내릴 테지만, 샐리스트는 시드의 성의를 무시하고 싶지가 않아 입을 벌렸다.

 꿀꺽.

 역시나 식도를 타고 내려간 고깃덩이는 재로 변해 녹아버렸는데, 여태 입에 넣었던 일반 음식들과 다른 점이 있었다.

식구가 늘어나다

'어라? 특이하네?'

뜨끈한 액체와 밀가루로 부푼 공간, 그리고 마지막엔 냄새 없이 구워진 고기가 녹아내렸다.

맛은 몰랐지만 샐리스트는 그 한 점에 깃든 재미를 체험하고 있는 것이다.

"하나 더 드려요?"

[응? 응.]

시드란 소년이 탕수육을 한 점, 또 한 점 집어 불의 정령에게 먹이는 걸 보며 맞은편 테이블에서 식사 중이던 종업원들은 흐뭇하게 미소 지었다.

만드라고라도 종업원들의 테이블에 끼어 먹느라 정신이 없었다. 종업원들이 짬뽕과 탕수육에 들어 있는 양파들을 모조리 골라 그녀의 접시에 놓아주었으므로.

자장광인 율카스는 기쁨의 눈물을 흘렸다.

"꿈만 같습니다. 사장님께서 해주신 자장면을 다시 먹을 수 있다니."

"내가 만든 자장면은 맛이 없었나?"

판테스가 떠본 말에 율카스는 건성으로 대답했다.

"비교가 되어야지 말입니다."

"앞으로 나한테 자장면 만들어달라고 하지 마라."

다정다감하던 판테스가 순식간에 싸늘해졌다.

그간 동칠이 없는 사이 판테스가 대신 자장면을 만들었었다. 어디까지나 사장님의 빈자리에다 자장면의 빈자리까지 느끼며 더 힘들어하는 막내 율카스를 위해서였다.

"노, 농담입니다. 큰형님께서 만드신 자장면도 맛있었……."

"키키킥."

"크흐흐흑……."

하만과 보덴이 소리 죽여 웃는 데 반해 데몬은 참지 않고 큰 웃음을 터트렸다.

"하하하!"

웃음은 순식간에 번져 판테스와 율카스뿐만 아니라 샨까지 자극시켰다.

"하하하하!"

"크크큭."

"깔깔깔."

난데없이 웃어대는 종업원들과 음식 먹기에 바쁜 샐리스트와 시드, 그리고 동칠이 만들어준 음식만으로 와룡반점의 분위기는 더할 나위 없이 화기애애했다.

※ ※ ※

페라쿠스에게는 긴장의 연속이었다.

태연함으로 가장하고 있었지만, 방과 연결된 통로로 들어섰을 때부터는 표정 조절이 되지 않았다.
"너 떨고 있지?"
"무, 무슨 소리냐. 떨긴 누가 떨었다고."
이브릴은 잘 안다. 놈이 얼마나 로드를 두려워하는지……. 그래서 그는 더욱 사악한 미소를 머금었다.
'멍청한 놈, 나 혼자 이 고생을 할까 보냐…….'
기쁨은 나누면 2배가 되고, 슬픔은 나누면 반이 된다.
이브릴은 슬픔과 한숨을 반으로 나눌 셈으로 페라쿠스를 끌고 온 것이다.
로드의 수발을 드는 일이 어려운 건 아니었지만, 자유라는 게 없었다. 또 어디를 다녀오려면 허락을 맡고 가야 하는데 로드를 지킬 드래곤이 자신 한 명뿐이었으니 그것조차도 쉽지가 않았다.
따라서 이브릴에게는 페라쿠스라는 희생양이 필요했다.
만약 계산대로 로드께서 '페라쿠스 너도 남아라.' 라고 한다면 페라쿠스는 방방 뛰면서 이브릴 자신에게 탓을 해올 테지만, 그건 그때 가서 생각하면 된다.
이브릴의 약삭빠른 생각을 알지 못한 페라쿠스는 바짝 굳은 몸을 이끌고 통로를 따라갔다.
곧 동굴의 끝에 다다라 석벽 한쪽에 위치한 비밀 장치를 누르니 시커먼 검은 돌이 열렸다.
그드등.

초기에는 없던 것이었다.

이 비밀 문은 드워프들이 로드의 가호에 한량없이 기뻐하며 자진해 만든 것이다.

물론 이런 형태의 레어가 아예 없는 것이 아니어서 페라쿠스는 별로 놀라지 않았다.

그가 놀란 부분은 바로 안쪽으로 펼쳐진 신세계였다.

자신의 레어와 비교해볼 때 규모는 매우 작았지만, 내부 인테리어는 획기적일 정도로 독창적이었다.

레어 안의 레어들이 자그마치 수십 군데다.

놀람에 입을 벌리고 좌우를 두리번거리고 있을 무렵, 한 레어에서 헤츨링 한 마리가 어깨에 수건을 걸친 채 두 발로 걸어 나왔다.

"호오, 페라쿠스, 오랜만이로구나."

말을 건네는 헤츨링은 전신에서 땀을 비 오듯 흘리고 있었다.

페라쿠스는 헤츨링의 존재를 능히 짐작하고 바닥에 몸을 납작 웅크렸다.

"로드를 뵙습니다."

그가 느낀 대로 헤츨링은 바로 로드 드래곤 쉴루스였다.

쉴루스가 이브릴을 쳐다보자 이브릴은 그가 묻고자 하는 부분을 지레짐작하고 설명을 이어나갔다.

"뭉칠 그자를 찾던 도중 만났습니다. 기왕 마주쳤으니 로드께 인사나 드림이 어떨까 해서 데려왔습니다."

"잘했다."

 여전히 쉴루스는 뒷짐을 진 채였지만, 이곳에 있는 누구도 그의 거만함을 나무랄 위인은 없었다.

 드래곤이 또 왔다는 사실을 인식했는지 롬을 비롯한 드워프들은 유난히 부지런을 떨었다.

 그러면서도 그들은 이브릴의 눈치를 살폈는데, 로드 드래곤이 자신들을 지켜 주겠다고 철석같이 공언했지만 불안함을 지울 수 없었기 때문이다.

 그들이 알던 드래곤들은 대부분이 사악해서 걸핏하면 횡포를 부렸다.

 특히나 성질 더럽기로 수위를 다투는 실버 드래곤이 그 대상이니 어련하랴.

 혹시 그가 변심하면 자신들은 눈 한 번 마주치는 것만으로 죽어나갈 수 있다.

 물론 이브릴은 그럴 마음이 전연 없었지만, 그 속내를 훤히 꿰뚫어 보지 못하는 관계로 롬들에게는 이브릴의 존재가 크나큰 우환거리였다.

 그들이 잘못한 것이라고는 단 하나!

 동칠과의 우정 때문에 이브릴의 신경을 건드렸다는 점이다.

 후회가 없다면 거짓말일 터였다. 언제 저 드래곤이 돌변할까 두려워 롬들은 노심초사했다.

과연 이브릴이 곱지 않은 시선을 건넸다.

"헙."

깜짝 놀란 롬이 헛바람을 들이켰고, 그 바람에 쉴루스의 목이 돌아갔다.

"왜?"

롬은 황송해하며 방금 있었던 일을 부인했다.

"아, 아닙니다!"

쉴루스는 기특한 드워프에게 살짝 웃어주고 다시 페라쿠스와 이브릴에게 시선을 고정했다.

"그래, 둘이 더 괜찮겠지."

희비가 교차하는 순간이었다.

이브릴의 얼굴엔 화색이 만연했고, 페라쿠스는 황당함을 금치 못하는 중이었다.

그 속을 쉴루스가 모를 리가 없었다.

"내 곁에 있기 싫으냐?"

지레 겁을 먹고 페라쿠스는 절레절레 고개를 저어댔다.

기실 로드는 헤츨링에 불과하다. 그런 그에게 페라쿠스가 찍소리도 못하고 이토록 쩔쩔 매는 건 그가 명백히 로드이기 때문이다.

역사는 로드에게 기어올랐던 드래곤들의 말로를 잘 역설해주고 있었다.

아직 살날이 한참 남은 페라쿠스로서는 그들의 뒤를 따르기 싫었다.

'기껏해야 오백 년이다……'

마음을 달리 먹어보았지만, 전혀 위로가 되지 않았다.

아무리 드래곤들의 수명이 수천 년이라지만 5백 년이라는 시간도 결코 짧지는 않다.

또한 로드의 헤츨링 시기가 꼭 5백 년이라는 법은 없었지만, 아니란 법도 없었다.

소싯적 어르신들의 말씀에 따르자면 로드의 헤츨링 시기는 윤회마다 다르다고 했으니까.

대답 않고 고개를 흔드는 페라쿠스가 건방져 보였던지 쉴루스는 엄한 표정을 짓고서 다그쳤다.

"대답을 듣고 싶다."

땀이라도 삐질 흘릴 듯한 얼굴이었지만, 페라쿠스는 당장 낯을 바꿔 실실거리며 아부를 늘어놓았다.

"로드께서 찾으시는데 좋고 싫고가 어디 있습니까!"

"싫은데 억지로 남겠다는 얘기 같구나."

"오해십니다. 전 성룡이 되면 꼭 한 번 로드를 보위하고 싶었습니다. 사실은 그것 때문에 인사를 드리러 온다고 한 거였거든요."

이브릴의 눈에 페라쿠스는 그렇게 비굴해보일 수가 없었다.

장로들을 제외한 그 어떤 드래곤에게도 자존심을 굽히지 않으려던 그였기에 그 꼴은 더욱 우스웠다.

'네놈도 별수 없구나.'

결국 울며 겨자 먹기로 로드 옆에 남을 것을 작심한 페라쿠스.

사실 로드의 입장이야 별것 없었다. 기왕에 왔으니 함께 지내자고 한 것뿐.

물러가도 좋다는 말을 하고 사우나를 즐기기 위해 멀어지는 쉴루스의 등에 대고 허리를 굽히던 페라쿠스는 로드가 완전히 시야에서 사라지자 이브릴에게 협박성 짙게 말했다.

"너 나 좀 보자."

이브릴은 거절하지 않았다.

페라쿠스는 아까 보아둔 비밀 장치와 비슷한 걸 찾아 입구의 돌문을 열고 나간 후, 이브릴의 멱살을 잡고 벽으로 밀쳤다.

쿵.

"너 이 자식, 계획적이었지?"

"로드께서 남으라고 하셨다고 나한테 뒤집어씌우지 말라고. 내가 굳이 얘기를 하지 않았더라도 필요하면 찾아오라고 하셨을 거다. 알잖아, 저분 성격을."

페라쿠스의 볼이 계속 씰룩였다. 아직 분이 가라앉지 않은 것이다.

홧김에 돌아선 그의 어깨를 이브릴이 잡았다.

 "상심 마라. 그래도 설마 로드께서 우리더러 헤츨링 시절 동안 내내 봉사하라고 하시겠냐?"

 화가 불같이 치밀었지만, 뭐라 반박할 구석이 없어 페라쿠스는 콧김만 거칠게 뿜어댔다.

※ ※ ※

 주방 안의 두 사람은 아직 많이 어색했다.

 허물없이 지내온 사이라면 몰라도, 분명 동칠과 가르데일은 알게 모르게 서로를 대함에 있어 조심성을 기했었다.

 속에 진 응어리를 다 떨쳐 내었다고 해서 끝이 아니라는 얘기다.

 벌어진 거리감을 좁히려 동칠은 막연하게 이런저런 화제를 끌어내었다.

 "하하, 뭐 더 드시고 싶은 것 있으세요?"

 "배가 부르네."

 "……."

 "……."

 "가게는 그대로네요."

 "자네 가게니까."

 "……."

"……."

한마디를 꺼내면 길게 이어지지를 않고 말문이 턱하고 막혀 버리고 만다.

겸연쩍은 나머지 동칠은 더 조바심을 부렸다.

"저 사람 친구도 괴물을 부리나 봐요?"

얼떨결에 꺼낸 한마디에 가르데일의 표정이 사뭇 진중해졌다.

"괴물을 부리다니? 자네, 진심으로 묻는 얘기인가?"

가르데일의 눈에 고개를 끄덕이는 동칠은 그저 순박해 보였다.

와룡반점에서의 과거를 돌아보니 지금처럼 종종 동칠이 엉뚱한 걸 물어오는 때가 있었다.

동칠을 오해했어도 한참 오해했던 가르데일.

그는 웃기지도 않는 말을 던지는 동칠이 고차원적인 개그를 하고 있다고 생각했기에 그때마다 농담으로 받아치거나 웃어넘겼었다.

"자네, 고향이 어딘가?"

예전이었다면 결코 던지지 않았을 질문이었다.

그는 언제나 동칠이 자신보다 위에 있는 사람이라 여기고 깊은 걸 묻지 않았던 것이다.

동칠은 급격히 어두워지려는 기색을 떨쳐 내고 허탈하게 웃으며 대답했다.

"대한민국의 서울이라는 곳이에요."

"대한민국? 서울?"

"네."

"그런 곳이 있었나?"

동칠의 고향이란 정말이지 처음 듣는 지명이었다. 해서 묻는 말을 동칠은 피하지 않았다.

"어쩌면 이 세상이 아닐지도 몰라요. 제가 살던 곳에는 몬스터도 없었고⋯ 아무튼 여기와는 환경이 다른 곳이었으니까요."

"환경이 다른 곳이라⋯⋯. 혹시 자네?"

"예, 행성 여행자일 수도 있겠네요."

일찍이 아크만 남작이 거론한 내용이었다.

작금 동칠이 짚은 부분은 가르데일이 궁금했던 꼭 그 부분이었다.

"이럴 수가⋯⋯. 들었더라도 내 믿지는 않았었거늘. 다른 행성에도 우리 같은 사람이 살고 있었다니!"

"뭐, 진짠가 보네요. 사실 저도 믿기 힘들었거든요. 하지만 이젠 조금 받아들일 수도 있을 것 같아요. 적어도 저희 지구라는 행성엔 이브릴이나 저 사람처럼 큰 괴물을 부리는 사람들은 없었거든요. 그런 괴물들이 존재하지도 않았고요."

"자네, 잘못 알고 있어도 한참 잘못 알고 있어. 자네가 괴물로 인식한 게 저들의 본모습일세. 끌거나 타고 다니는 것이 아닌……."

"네? 그게 무슨 소리예요?"

"드래곤들은 폴리모프를 통해 인간뿐 아니라 다른 어떠한 종족으로의 변신도 가능하다네. 물론 크기에 제한은 없을 걸세."

동칠은 제일 먼저 이브릴을 떠올렸다.

여태 그를 미워한 가장 큰 이유가 인간이 같은 인간을 해쳤다고 판단해서다.

그러거나 말거나 가르데일은 계속해서 말을 이었다.

"우리가 벌레들을 하찮게 여기듯, 드래곤도 인간을 그저 미개한 종족으로밖에 안 본다네."

일찍이 알았더라면 증오는 했을지언정 멸시에 가까운 시선을 보내지는 않았을 것이다.

또 이해 못할 것도 아니었다. 만일 자신이 이브릴의 처지였더라도 비슷한 상황을 연출했을지 모르는 일이므로.

동칠 자신도 한 여름의 모기들을 간지럽게 만들었다는 이유만으로 얼마나 잡아 죽였던가.

하물며 그 지느러미를 잘라갔으니, 당사자인 이브릴은 얼마나 열이 받았을 것이냐 말이다.

기회가 된다면 동칠은 그 부분만은 진심으로 사과해야겠다고 다짐했다.

"자네가 살던 곳은 어떤 곳이었나?"

불쑥 던져진 가르데일의 질문에 동칠의 눈이 회상에 젖어 갔다.

"건물이 많아요. 사람 다니는 길도 비좁을 정도로……. 항상 사람들이 들끓는 곳이기도 하죠. 여기처럼 마법도 없고 검술도 발전하지 않았지만 과학이 발달한 곳이에요. 말 대신 기름을 넣은 자동차가 다니고 새 대신 비행기가 하늘을 날아요."

비록 묘사도 부족하고 생동감도 떨어졌지만, 그래도 무척이나 재미있게 들렸는지 가르데일의 눈이 초롱초롱해졌다.

그러나 딱 거기까지였다.

똑똑.

선반을 두드린 불청객은 데몬이었다.

"실망인데요? 저만 빼놓고 둘이 오순도순……."

가르데일은 싫지 않은 표정을 떠올렸다.

"별 얘기 안 했네. 억울하면 자네도 끼게."

"못할 것도 없지요."

넉살 좋게 다가오는 데몬을 보며 가르데일이 웃었다. 그리고 동칠도 웃었다.

✼　✼　✼

타다다다…….

부들부들 떠는 것에는 2개의 바퀴가 달려 있었다.

삼식의 손에 의해 베일을 벗은 물건은 이반에게는 무척 신기한 것이었지만, 시모에르에게는 아니었다.

"이게 뭐냐?"

이반의 질문에 삼식은 누런 이를 드러냈다.

"오토바이."

그렇다.

삼식은 저번에 대검으로 땅을 찍다 우연히 얻은 원유를 여과해 휘발유를 얻어냈다. 그도 나름 주워들은 게 있었던 것이다.

기름 값 걱정이야 없으니 이제 오토바이는 마음껏 탈 수가 있다.

한 가지 아쉬운 점은 역시 환경이었다.

당연히 이 세계는 기름이 돈과 직결되지 않았다. 그저 오토바이를 다시 굴리는 것에 만족해야 했다.

석유를 팔아 떼돈을 벌겠다는 미련은 버린 지 오래!

삼식은 이 오토바이로 대륙을 종횡무진하며 한껏 폼이나 잡을 작정이었다.

클라이막스는 마왕을 상대할 때가 될 터였다.

비록 이 오토바이가 오토바이라고 부르기에도 뭐한 50cc 스쿠터일 뿐이지만, 이곳 사람들에게는 굉장히 멋져 보일 것이나.

'그 자리에 아가씨들이 많았으면 좋겠다.'

상상만 해도 기분이 좋은지 삼식의 입이 헤벌쭉 벌어졌다.

"오토바이가 뭐냐?"

"보면 알 거야."

스쿠터에 올라 있는 상태이니 손잡이를 돌리기만 하면 앞으로 나갈 것이다.

그 전에 삼식은 시모에르를 향해 물었다.

"안 탈 거야?"

왜 그녀라고 타고 싶지 않겠는가.

삼식과 처음 만났던 때를 회상하며 오토바이를 탄다면 매우 즐거울 터였다.

하지만 아직 시모에르는 단단히 토라진 상태였다.

제 딴에는 용기 내어 그런 야한 옷도 입고, 창피함을 무릅쓰고 한 행동이었는데 삼식은 매몰차게 거절했다.

그래놓고 나중에 엉덩이를 슬그머니 만져 대니 혈압이 오를 수밖에…….

하지만 삼식은 내용을 모르고 있었다.

그저 시모에르가 잠든 사이 치근덕거려 삐쳤다고만 생각했을 뿐.

비록 따귀는 맞았을지언정 그녀의 엉덩이에 손을 대어보았으니 후회는 없었다.

"안 탈 거면 마."

잔미운 표정을 걸친 채 삼식은 손잡이를 당겼다.

부르릉.

시동이 걸린 스쿠터는 삼식을 태우고 빠르게 질주했다.

"야호~"

그것이 그렇게도 신기한지 이반은 턱이 빠져라 입을 벌렸다.

"저, 저게……?"

아무리 기억을 뒤져 봐도 유사한 어떤 것도 없었다. 어쩌면 저것이 말보다도 빠를 수 있겠다는 생각이 들었다.

삼식은 비좁은 평야를 한 바퀴 질주하더니 돌아왔다.

"스승도 타볼래?"

그러면서 삼식이 슬그머니 시모에르의 표정을 살피는 이유는 어디까지나 질투심을 유발하려는 목적이었다.

하지만 시모에르는 가는 손가락을 말아 주먹을 움켜쥐더니 그대로 돌아서버렸다.

"바보."

차가운 태도에 삼식도 기분이 좋을 리가 없었다.

"참 내, 장차 이 오삼식의 와이프가 될 여자가 저래서야……. 엉덩이 좀 만진 게 그렇게 큰 죄야? 사랑하면 엉덩이도 만질 수 있는 거지. 그렇게 억울하면 내 엉덩일 만지던가. 그럼 공평할 거 아냐."

이반은 삼식이 발악하며 대들까 무서워 그 밤의 일을 철저히 비밀에 묻어두기로 했다.

 거기서 그치지 않고 삼식은 한발 더 나아갔다.

 "참, 스승이 전에 얘기했지? 대륙을 돌아다니며 실전 경험을 쌓아보는 게 어떻겠냐고 말이야. 이거 타고 그거 하자. 지금이 좋을 것 같아."

 삼식이 이러는 이유를 이반은 어렵잖게 헤아릴 수 있었다. 필시 시모에르에 대한 실망감이 작용했기 때문이리라.

 그러나 둘의 사랑보다는 세상의 구원이 더 값질 터.

 이반은 시모에르에게 미안한 마음을 접어두고 삼식의 뜻에 동조했다.

 "오냐. 그러자꾸나."

 삼식의 얼굴에 자그마한 후회가 머물렀지만 잠깐뿐이었다.

 대륙에 널려 있을 미인들을 떠올리며 그는 기대에 부풀기 시작했다.

 '그래, 영웅호걸이 되는 거다. 무릇 영웅이란 호색한이라 많은 여자와 함께한다지 않았던가!'

 말 꾸미기 좋아하는 자들이 만들어낸 얘기를 사실인 양 곧이곧대로 받아들이는 삼식이었다.

"이제부터는 제 요리를 전파할 겁니다."

동칠의 단언에 길드장들은 격양된 음성으로 벌 떼처럼 들고일어났다.

"도, 동칠!"

"왜 이러는 거요?"

"우리가 좀 다그쳤다고 이러면 곤란하오!"

예외로 단 한 명, 베른만은 무게 있게 행동했다.

"이유를 듣고 싶소."

또 그건 들어봐야겠는지, 테이블까지 쳐 가며 소란스럽던 길드장들은 언제 그랬냐는 듯이 입들을 꾹 닫았다.

그러자 동칠이 미안한 낯으로 입을 열었다.

"제가 언제까지 이 일을 계속할지 모르겠어요. 영원한 건 없다고 하잖아요. 이번 일로 제 악명도 퍼졌을 테니 절 좋게 보지만도 않을 거고요. 언제라도 제게 무슨 일이 생길 수 있으니……."

말을 잘라먹고 베른이 소리쳤다.

"그런 말은 마시오! 왜 벌써부터 신변에 이상이 생길 것을 걱정하는 거요?"

"……."

동칠이 입을 닫은 사이 여행자 길드의 파논이 끼어들었다.

"문제 좀 일으켰으니까 보복을 하려는 자들이 올 거고, 그래서 당신의 뒤를 이을 사람을 생각한다 이거요?"

"세상일은 모르는 거니까요. 죽겠다는 생각은 없어요. 다만 앞으로의 장사는 순탄치 않을 것 같아요."

상황이 좋지 못함은 자명한 일!

동칠의 말을 부정할 수 있는 사람은 없었다.

동칠의 악행이 세세에 알려진 만큼 와룡반점으로 항의를 하려 찾아오는 이들이 줄을 이을 것이다.

누구도 이렇다 할 방안을 내놓지 못한 채 무거운 침묵만이 감돌았다.

그 침묵을 깨고 상인 길드의 회장 바르돈이 낮은 목소리로 물었다.

"후계자로 누구를 생각하고 있소?"

"믿을 만한 분들을 추천해주세요. 요리에 소질이 있으면 금상첨화겠죠."

바르돈은 경탄성을 터트렸다.

"아……."

동칠의 뜻을 십분 헤아려서다.

후계자들이 배신만 하지 않는다면 계속해서 지금과 같은 특혜를 누릴 수 있을 것이다.

한 가지 문제가 있다면, 동칠만 한 요리사가 없을 것이라는 점뿐.

듣던 도중 대장장이 길드의 아첸이 우려를 나타냈다.

"그게 배워서 가능하긴 한 것이오?"

"당연히 가능하죠. 저도 배운 건데요, 뭐."

멋쩍어하는 동칠에게 질문 세례가 쏟아졌다.

"배우다니, 창시한 게 아니었소?"

"그럼 어딘가 당신의 스승이 있겠구려. 그가 누구요?"

"와룡반점 말고 대륙 어딘가에 이 같은 음식점이 또 있다는 것이오?"

길드장들이 앞다퉈 내놓고 있는 질의들은 하나같이 염려가 섞인 것들이었다.

베른이 그런 길드장들을 한심한 눈초리로 쳐다보고 있음에도 길드장들은 아랑곳하지 않았다.

자신보다 요리를 먼저 생각하는 이들에게 실망했을 법도

하건만, 동칠은 웃는 낯으로 얘기했다.

"안심하세요. 그 사람은 이 세상에 없으니까요."

"어, 없다니? 이미 이 세상 사람이 아니란 것이오?"

바르돈이 묻지 않았다면 자신들이 물었을 것이었는지, 베른을 제외한 길드장들의 목구멍으로 침이 한 모금씩 꿀꺽 넘어갔다.

"그런 셈이죠."

두루뭉술한 대답이었지만 자신들이 동칠을 너무 몰아세우고 있는 것은 아닌지 후회가 드는 터라 길드장들은 헛기침을 하면서 말을 아꼈다.

돌연 베른이 신경질적으로 일어섰다.

"얘기 끝났으면 난 가겠소."

"아니, 같이 가시지 않고?"

소매를 잡아챈 바르돈을 경멸 섞인 시선으로 깔아보더니, 그의 손을 매정하게 뿌리치고 베른은 신경질적으로 현관문을 빠져나갔다.

어색해진 분위기를 깨치려 동칠이 헤실헤실 웃다가 그 뒤를 따라 나갔다.

"화났어요?"

둘이서만 있는 자리라 베른은 솔직담백하게 속내를 들추었다.

"솔직히 실망했소. 동칠 당신에게가 아니라 저들에게 말이오. 여태 그렇게 벌었으면 되었지, 얼마나 더 벌겠다고…….
고마운 줄은 모르고, 가증스런 작자들."

"그것 때문이 아닐 거예요. 저분들은 상인들의 등쌀도 견뎌 내야 하고, 고객들 눈치도 봐야 하잖아요."

넓은 마음 씀씀이에 베른은 다시 한 번 감동했다.

동칠의 말은 계속되고 있었다.

"그래서 꼭 필요한 거예요. 또, 새로운 분들에게 요리를 가르쳐 분점을 내면 제 몸도 편해지고요."

"그렇게까지 말하니 할 말이 없구려."

매번 이랬다.

베른은 다른 길드장들에게는 호랑이처럼 사납게 굴다가도 동칠 앞에서는 말 잘 듣는 강아지처럼 변했다.

그래도 만족할 만한 답이 되었는지, 동칠과 멀어지면서 그는 당부를 분명히 했다.

"혹시 누가 찾아와 성가시게 군다면 귀띔해주시오. 어떤 놈이든 내 가만두지 않을 테니까."

"말이라도 고맙네요."

바로 이때, 길드장들이 나왔다.

길드장들을 보자마자 베른은 다시 인상을 확 구기고는 등을 돌렸다.

그에 바르돈이 내려가려던 허리춤을 추켜올리며 소리쳤다.

"허 참, 사람하고는. 같이 가요~"

아첸이 그 뒤를 따르려다 깜빡했다는 듯 동칠에게 진심을 담은 한마디를 건네었다.

"동칠, 항상 고맙수다."

"고맙긴요."

그윽한 눈웃음을 남기면서 멀어지는 아첸.

마지막으로 파논이 남았다.

"미안하오, 매번……."

"그걸 아는 사람이 그래요?"

자신한테만 정색을 하는 게 당황스러워 파논이 실색을 짓자 동칠이 너털웃음을 터트렸다.

"하하! 농담이에요, 농담."

방금 전 대사는 유명 프로그램에서 유행한 코믹 대사였다. 당연히 그걸 알 리 없는데도 파논은 넉살 좋게 웃었다.

"하하, 재미있는 말씨구려."

그렇게 말은 했지만 사실은 전혀 재미있지 않았다. 그저 동칠의 기분이나 맞춰주자고 따라 웃는 것이다.

웃음이 그칠 무렵, 동칠은 파논의 어깨를 다독여 주었다.

"다 이해해요."

실상 파논은 돈보다 자신이 벌여 놓은 일들의 책임감에 힘들어했다.

한데, 동칠이 마치 그것을 알고 있다는 투로 얘기하니 가슴이 찡해졌다.

"고맙소. 정말 고맙소."

동칠의 왼손을 두 손으로 꽉 잡고서 눈물까지 글썽이는 파논.

처음 본 그의 모습이 낯설기만 해 동칠은 멋쩍은 웃음으로 때웠다.

"뭘요."

사나이 체면에 눈물 흘리는 건 보여 주고 싶지 않았는지 파논이 애써 등을 돌렸다.

"내 들어가겠소. 조만간 선물이라도 사오리다."

"선물은 필요 없으니 들어가세요."

"성의요. 꼭 받으시오!"

돌연 동칠은 잊고 있던 걸 떠올렸다. 베른 때문에 정작 중요한 사항을 주지시기지 못한 것이다.

"참! 내일이라도 좋으니 상의들 하셔서 믿을 만한 분들 좀 추천해주세요."

"알았소!"

짤막하게 대답하며 멀어지는 파논을 바라보다 동칠은 입가에 미소를 지은 채 주방으로 향했다.

길드장들도 다 만나고, 다시는 말없이 와룡반점을 비우지 않겠다고 다짐한 뒤였지만 걱정이 완전히 사라진 것은 아니었다.

특히나 지금처럼 요리대 앞에만 서면 주름살이 잔뜩 생겼다.

불을 피우려면 매번 데몬에게 마법의 힘을 빌려야 했다.

염력을 사용했다가는 그 미치광이가 또 자신의 육신을 차지하려 들 것 같았기에 아예 능력을 사용하지 않기로 마음을 굳혀 버린 탓이다.

"후우."

한숨을 쉬는 동칠에게 데몬이 다가왔다.

그는 매우 피곤한 기색이었다. 재회의 기쁨으로 밤새 가르데일과 고스톱을 쳐서였다.

"불 피워야 하오?"

눈을 비비며 묻는 데몬에게 동칠은 고개를 저었다.

"아뇨."

"한숨 쉴 필요 없소. 부탁만 하면 내 자다가도 온다고 하지 않았소? 불 피우는 마법이야 그리 어려운 것도 아니니……."

"아무래도 마법사를 고용해야 할 것 같아요. 분점을 더 낼 생각이거든요."

동칠의 말에 데몬은 침음을 흘렸다.

"음, 수지 타산이 맞겠소? 내가 보기에 어지간한 마법사들은 싼 임금에 오지도 않을 거요."

"재량껏 하겠죠. 모자라면 자리를 잡을 때까지만이라도 지원을 좀 해줄 생각이고요."

데몬은 묵묵히 고개를 끄덕이다 얘기했다.

"그럼 내가 한번 알아보겠소. 안 그래도 교단에 다녀와야 했는데 잘되었소."

듣던 중 반가운 소리에 동칠이 반색했다.

"그래주실래요?"

그날로 데몬은 교단으로 향했다.

하지만 금방 오리라던 그의 귀환은 나날이 늦어졌고, 자연히 끼니를 자장면과 짬뽕으로 채울 수 없게 되었다.

차마 동칠에겐 말할 수 없는 불만들이 싹터갔다.

종업원들이 식사를 하는 테이블 위에는 고기며 과일, 빵 등 여러 음식들이 놓여 있었지만 누구 한 명 맛있게 먹는 사람이 없었다.

"흐, 이런 맛없는 식사라니."

불평을 늘어놓는 보덴을 하만이 타일렀다.

"옛날 생각해라. 우린 나무껍질도 곧잘 씹었다."

"그 얘기가 아니잖아. 나는 사장님이 계신데도 이런 식사를 하게 될 줄은 상상도 못했다."

보덴이 사족을 달자 이번엔 판테스가 다그쳤다.

"이것도 못 먹는 사람도 수두룩하다! 군소리들 말자."

그래도 보덴은 양호한 편에 속했다.

며칠이나 자장면을 먹지 못한 관계로 율카스는 입이 한 주먹이나 나와 있었으므로.

제일 가볍게 받아들이는 건 샨이었다.

"난 이참에 다이어트나 해야지."

먹는 둥 마는 둥 음식을 입에 대다 만 샨은 검붉은 과일 하나를 주워들고 자리에서 일어섰다.

"치사하게……."

이빨 틈새로 새어나온 율카스의 이죽거림.

용케도 그녀가 그 소리를 들었다.

"어머, 내가 왜 치사해? 그럼 너도 다이어트해."

샨은 종업원들 중 판테스만 빼고는 모두에게 말을 놨다. 보덴도, 하만도, 율카스도 '너' 아니면 '야'로 지칭했다.

처음엔 보덴과 하만이 왜 막내인 율카스와 동격이 되어야 하냐며 따졌지만, 그녀는 아랑곳 않았다.

원래 그녀는 보덴이나 하만보다 나이가 많았던 것이다.

엘프 종족은 인간보다 오랜 수명을 살고, 오래도록 젊음을 유지한다. 겉으로는 20대 초반으로 보이는 엘프라도 100세를 넘긴 자들이 수두룩했으니, 지금 그녀가 30대 중반이라 한들 무리 될 것도 없었다.

사실 그녀의 나이 대가 그러했다.

단지 샨은 자신의 나이를 밝히는 게 창피해 상호 간에 말을 놓아버린 것이다.

율카스와 샨이 티격태격하는 광경을 보던 샐리스트는 시드를 보았다.

아니나 다를까, 식욕이 없어 보였다.

[맛이 없어?]

샐리스트의 시선이 닿은 걸 인식했는지 시드는 언제 그랬냐는 듯 허겁지겁 음식을 입에 가져가더니 입안에 가득 찬 음식물들을 목구멍으로 꿀꺽 넘기고는 말했다.

"전 뭐든지 잘 먹는걸요."

말은 그렇게 했지만 방금 삼킨 음식물들이 식도를 타고 다시 넘어오려 했다.

정말 웃기는 일이었다. 이제껏 이런 음식도 먹지 못해 안달이었지 않은가.

동칠이 요리해준 음식 몇 번 먹었다고 식성이 이렇게 까다로워졌다.

'차라리 먹지 않는 거였는데······.'

입이 너무 고급이 되어버린 탓이다.

샐리스트는 맛없는 음식을 억지로 먹고 있는 시드가 안쓰러워 보였다.

물론 이해를 못하는 건 아니었다.

'인간은 먹지 않으면 살 수가 없으니······. 그건 그렇고, 왜 그자는 음식을 더 만들어주지 않는 거지?'

샐리스트는 그대로 일어서 주방으로 다가갔다.

그러자 가르데일의 음성이 들려왔다.

"한번 생각해보게. 사는 데 불은 꼭 필요하지 않나."

"아무리 그러셔도 다시 그걸 쓸 생각은 없어요."

당장에 들리는 대화로는 무슨 얘기를 하는 건지 감을 잡을 수 없었다.

그녀는 더 들어보기로 했다.

"그 능력이 위험하다는 건 인정하네. 하지만 그 능력으로 불을 피운다고 자네가 다시 광인… 아! 실언했군. 미안하네. 아무튼 이성을 잃어버리진 않을 걸세."

"얘기 드렸잖아요. 다시는 그 힘을 쓸 일이 없을 거라고요."

거기까지 듣자 언뜻 와 닿는 게 있었다.

'능력? 설마……'

이 순간에도 동칠의 얘기는 계속되었다.

"처음엔 가벼운 물건이 움직였어요. 점점 재미가 들렸죠. 나중엔 더 큰 물체를 움직이고, 그 후엔 불을 일으켰어요. 한데 그 힘을 쓸 때마다 저도 모르게 의식을 잃는 일이 잦아졌어요. 그때 그만두었다면 이번 같은 불상사도 일어나지 않았을 거예요."

이제야 샐리스트는 짐작할 수 있었다.

'자신도 모르게? 그럼 날 상대한 건 저 남자가 아니었다는 얘기?'

며칠 동칠을 관찰하며 석연찮은 구석이 있었다.

그것은 자신과 페라쿠스를 상대하던 동칠의 모습과는 판이하게 다른 부분이었다. 바로 성질이다.

난폭함이 아닌 유연함.

이중인격 정도로만 치부했던 동칠의 실상을 알게 된 듯해 샐리스트는 흠칫 몸을 떨었다.

'그 속에 무언가 들어 있다는 얘기인가?'

저들의 말을 백 프로 인용하자면 필경 그런 뜻이 될 것이었다.

그녀가 사념에 잠겨 있는 동안에도 안쪽의 대화는 줄기차게 이어졌다.

"그럼 밖의 마법사들에게 부탁이라도 해보는 것은 어떻겠나? 제국의 궁정 마법사들이니 불 피우는 것 정도야 할 수 있을 걸세."

"그들에게 신세 지고 싶은 생각 없어요."

"모닥불은? 꼭 그 정도의 온도라야만 되나?"

"중화요리는 뜨거운 불로 요리해야 제맛이 나거든요."

"그럼 드워프들에게 한번 부탁을 해보게. 그들의 손재주라면 자네가 원하는 화력을 낼 화로를 만들 수도 있지 않겠나."

"그게 저거예요."

상황을 요약하자면 간단했다.

동칠은 불을 일으킬 수 있지만 자신도 잘 알지 못하는 힘에 지배당할 것이 두려워 꺼렸고, 그 때문에 요리를 할 수 없다는 얘기였다.
 샐리스트의 생각은 복잡하게 얽혔다.
 그녀가 여기 온 이유는 저 힘의 근원을 알아내고, 그것이 이 세상을 위태롭게 만드는 것인지 확인하기 위해서다.
 하지만 동칠은 스스로 그 힘을 억제하려 하고 있었다.
 본인이 안 쓰겠다는데 강요할 수는 없는 노릇. 괜히 긁어 부스럼 만들 필요야 없지 않은가.
 한편으로는 힘을 가지고 있으면서도 제어를 하려 드는 그가 대견하다고 느껴졌다.
 고심을 거듭한 끝에 샐리스트는 주방으로 모습을 드러냈다.
 [불을 피우는 것이라면 내가 도와줄 수 있어.]
 선심을 쓰는 게 아니었다. 어디까지나 시드를 위한 일이었으니까.

※　※　※

 쾅!
 6백 년이나 된 고목으로 만든 탁자가 대신관 라이바흐의 손바닥에 의해 비명을 내질렀다.

"도대체 어떻게 해야 하는 거요?"

사정이 여의치 않았다.

동칠을 생포해오라고 보낸 타격대가 번번이 만신창이가 되어 돌아왔기 때문이다.

상황을 물을 때면 그들은 괴담에 가까운 소리를 늘어놓으며 치를 떨었다. 인간이라면 도저히 그런 능력을 가질 수 없다면서 말이다.

하지만 대신관들 중 누구도 동칠을 신으로 인정하고픈 생각은 없었다.

오히려 그 반대로 몰아세울 뿐!

"악마의 씨앗이야, 악마의 씨앗……."

또 다른 대신관 라레스의 중얼거림이 강경파와 온건파를 막론하고 대신관들 모두에게 경각심을 불러일으켰다.

"정말 그가 악마의 씨앗이라면 어떻게 됩니까?"

"뻔하지. 세상이 파멸을 맞지 않겠소?"

그때, 그 인품만큼이나 곧게 뻗은 흰 수염이 인상적인 킬바란 대신관이 터무니없는 유추들에 제동을 걸고 나섰다.

"본인은 막연한 억측이라고 보오. 그가 악마이고 세상을 멸망시킬 작정이었다면 왜 진즉에 그리하지 않았겠소?"

"억측이라니! 그를 생포하기 위해 보낸 자들의 실력을 감안해보셨소? 보고서를 보면 알 테지만, 일급 성기사까지 끼워 보냈었소. 그런 자들이 손쓸 틈도 없이 당했다는데도 동칠 그자를 인간이라고 봐야 합니까?"

격양된 음성 속에 라이바흐는 깍지 낀 손으로 턱을 받치고서 부지런히 눈알을 굴려 둘을 살폈다.

그리고 둘의 언쟁이 잠시 멈춘 틈을 타 입을 열었다.

"이 문제는 결코 간과할 수 없다고 생각하오. 그가 악마이고 아니고를 떠나, 눈을 이쪽으로 돌린다면 신성 제국의 미래는 알 수 없을 터. 어떤 수단을 강구하든지 사태의 해결을 봐야 하오. 옥신각신할 때가 아니라는 얘기요."

부끄러운 건 아는지 두 대신관은 더 이상 소모적인 논쟁을 벌이지 않았다.

다시 라이바흐가 말했다.

"한 가지 이상한 점이 있었소이다. 멜브룩에서 마지막으로 그자와 마주친 타격대 십여 명에 관한 것이오. 급작스레 서문으로 이동한 까닭을 추궁해보아도 이상하게 하나같이 기억을 못하고 있었소."

라레스가 물었다.

"기억이 끊어졌다는 얘기입니까?"

"정황상 그러합니다."

정신 마법일 가능성이 농후했다.

"혹시, 그가……?"

"본인 또한 그 생각을 안 해본 게 아니오. 드래곤이 유희를 위해 장난을 친다던가 하는……."

그 존재가 거론되자 세 대신관의 눈이 휘둥그레지며 경악성이 동시에 터졌다.

"드래곤?"

만약 동칠이 정말 드래곤의 폴리모프라도 된다면 신성 제국 입장에서는 큰일이었다. 그럴 경우 그를 표적으로 삼는 것 자체가 더한 역작용을 불러올 수 있다.

라이바흐는 어디까지나 가정으로 하는 얘기였지만, 벌써부터 기정사실화하는 대신관도 있었다.

"어째서 드래곤이 인간 세상을 휘젓는다는 말이오?"

"무슨 일이 어떻게 돌아가는 건지, 도무지 대책이 서질 않는군."

어떤 대신관은 이의를 제기하기도 했다.

"하지만 그전에도 타격대가 동칠 그자와 종종 마주쳤다고 하지 않았소?"

라이바흐가 답했다.

"본인도 거기까지 생각했소. 그가 드래곤이었다면 왜 과거에는 기억을 지우지 않았을까 하는."

"아직 확답은 금물인 듯하군요."

머리를 끄덕이는 라이바흐의 모습에 대신관들은 설왕설래했다.

"아직 실체조차 파악되지 않았다니, 대체 그자는 무엇이기에……."

"섣부른 상상은 좋지 않소. 자꾸 과대평가를 하는 듯해서 하는 얘기요."

별로 영양가 없는 논쟁 속에 킬바란이 신중하게 접근했다.

"정신 마법이 펼쳐졌다면 아무래도 그 자리에 드래곤이 있었지 않겠소?"

화두가 던져지자 다시금 안은 소란스러워졌다.

"일리가 있는 말이구려!"

"한데 어째서?"

조심스럽게 라이바흐가 입을 열었다.

"내 추론은 두 가지요. 정체불명의 드래곤이 동칠 그자의 편이거나 그 반대의 경우. 멜브룩에 많은 사람들이 몰려들었음에도 분명 그자가 위태로웠던 건 아니라고 하였으니 어쩌면 그와 척졌을 가능성이 높다고 보오."

"그럼 설마 벌써 제거가?"

라레스는 드래곤이 이 사태에 개입해 동칠을 제거한 후, 자신들의 등장으로 인간 세상에 혼란이 올 것을 우려해 그곳에 있던 사람들의 기억을 지웠을 것이라고 가정했다.

하나, 무슨 뜻인지 알면서도 라이바흐는 선뜻 확답을 내줄 수 없었다.

"그자가 죽었다는 증거가 없으니 확실한 건 아직 아무것도 없소."

"일단 사람을 보내봐야겠군요."

"이미 보냈다오."

호랑이도 제 말 하면 온다고 했던가?

한 남자가 대전 안으로 들어서 정중히 허리를 굽혀 예를 표하고는 라이바흐에게 다가가 그 귀에 대고 작게 속삭였다.

귀 기울여 사자의 말을 듣던 라이바흐의 표정이 일그러졌다.

"불행히도 그는 살아서 와룡반점으로 돌아가 있다는군요."

다수의 대신관들이 경직되어갔다.

그럴 만도 한 것이, 이제는 동칠 그자만의 문제로 그치지 않는다. 어쩌면 드래곤까지 염두에 두어야 할는지 모르는 일이었다.

아끼는 드래곤의 개입이 있었길 바라던 눈치였지만, 이제는 드래곤들의 소행으로 생각하지 않으려는 분위기였다.

"꼭 기억을 못하는 이유가 정신 마법이라고 볼 것은 아니라고 생각하오."

"확실히 봅시다. 좋게만 보자면 다른 해석도 있을 수 있소. 이를테면 마음씨 좋은 드래곤이 인간 세상에 물의를 일으키는 자의 능력을 없애고 기억을 말소해 원위치로 되돌려 놓았을 수도 있잖소."

라레스에 이은 킬바란의 의견이었지만 라이바흐 대신관은

킬바란 대신관의 손을 들어주었다.

"차라리 킬바란 대신관의 말씀이 일리가 있구려."

모두가 그렇게 되었길 바랐다.

하지만 누구도 동칠이 머지않은 미래에 재앙으로 다가올지도 모른다는 불안함은 떨칠 수 없었다.

최악의 경우, 드래곤까지 염두에 둔 전쟁으로 직결될 터!

전력을 투입하면 승리야 얻겠지만, 신성 제국은 쇠약의 길을 걷게 될 것이다.

"상황을 더 살펴봐야겠소."

"더 어디까지 본다는 말이오? 그자의 꽁무니만 쫓자는 것이오?"

"한번 돌아봅시다. 우리가 너무 그를 들쑤셨던 것은 아닌지."

"들쑤시다니! 지금 우리 때문에 그자가 포악해졌다는 말씀이오?"

감정이 실린 말들이 삿대질과 함께 오갔다.

한참의 말싸움 뒤, 대전에는 정적이 감돌았다.

여러 대신관들을 대신해 여태 침묵만 유지하던 크라피스 대신관이 지나칠 정도로 붉은 입술을 열었다.

"성황 폐하께 독대를 청한 후, 본인이 전면에 나서 이 일을 진두지휘하겠소."

제9장
피의 성직자

툭.

새로 만든 화덕 안에 다 타지 않은 숯이 떨어지자 잠잠했던 안이 소란스러워졌다.

키아아악.

샐리스트의 설명에 따르자면 꼭 도마뱀같이 생긴 저것들은 불의 하급 정령인 샐러맨더라 했다.

숯을 차지하겠다고 샐러맨더들이 서로 혀를 날름거리며 싸운 덕에 화덕 안은 금세 뜨거워졌다.

후우우욱!

강한 열기가 화덕 위로 솟구친다.

전에 쓰던 화로와 비교해도 전혀 손색없을 열기였다.

한편으로는 신기하면서도, 다른 한편으로는 샐리스트에게 고마웠다.

"고마워, 정말."

진심을 담아 전한 인사에도 샐리스트는 쌀쌀맞기 그지없었다.

곁에 있던 가르데일도 머쓱했는지 어깨춤을 들어올린다.

들었을 텐데도 무시하고 나가버리는 샐리스트를 보며 동칠은 남모를 죄책감을 느꼈다. 그녀를 해치려 했던 기억이 남아 있는 탓이다.

그때, 돌연 만드라고라의 비명 소리가 와룡반점을 가득 메웠다.

"애애애앵!"

동칠과 가르데일이 화들짝 놀라 돌아보니 어느 틈엔가 다가온 만드라고라가 화덕을 신기하게 쳐다보다 화를 입은 상태였다.

샐러맨더 한 마리가 그만 그녀의 코를 물어버린 것이다.

허겁지겁 손으로 떼어낸 샐러맨더는 주방 바닥을 기어 다녔다.

빨개진 코를 하고 닭똥 같은 눈물을 뚝뚝 흘리는 만드라고라를 보며 동칠과 가르데일은 참을 수 없다는 듯 웃음을 터트렸다.

"하하하하."

"아하하하하."

그리도 아팠는지, 만드라고라는 동칠의 품에 안겨서도 계속 훌쩍거렸다.

그 모습을 흡족히 보고 있던 가르데일이 뭔 일인가 성어 주방을 기웃거리는 보덴에게 말했다.

"내 방에서 녹색 포션 좀 가져와."

"네, 스승님."

깍듯이 허리를 숙여 보인 보덴은 부리나케 뛰어가더니 금세 녹색 포션을 꺼내가지고 왔다.

"여기 있습니다, 스승님."

가르데일은 아직 스승님이라는 소리가 영 듣기 거북했지만, 자신의 입으로 모든 종업원들에게 그렇게 불러도 좋다는 허락을 내린 뒤였다.

'뭐, 적응이 되겠지.'

어색함을 떨치고는 보덴에게 포션을 받은 뒤 그 안에 담겨 있는 액체를 화상을 입은 만드라고라의 코에 고루 문질러주었다.

"화상에는 이만한 게 없지."

정말이지 금세 나았다.

그녀의 새빨갛던 코도 원래의 색을 되찾았고, 통증도 싹 가신 것이다.

아직 젖은 눈물이 마르지도 않았는데 상처가 사라지니 만드라고라는 당황하는 기색이었다.

동칠은 그런 그녀를 어루만지고서 조리용 장갑을 끼고 바닥을 열심히 배회 중인 샐러맨더를 주워 화덕 안에 넣었다.

"식사 준비해야겠어요."

오랜만에 주방 안은 후끈한 열기로 가득 찼다.

음식이 준비되기 시작하자 만드라고라는 아팠던 것도 잊어버리고 서둘러 동칠이 음식을 담기 쉽도록 그릇들을 일렬로 죽 늘어놓았다.

영특한 만드라고라를 보며 가르데일이 농을 던졌다.

"저 녀석에게 요리를 가르치는 것도 괜찮겠어."

"하하, 그럴까요?"

화기애애한 분위기 속에서 점심이 차려졌다.

며칠이나 동칠의 요리를 못 먹었던 이들은 푸짐한 상차림에 벌써부터 군침이 돌기 시작했다.

방문을 열고 홀을 살피던 롬에게도 종업원들에 의해 음식이 전달되었다.

"맛있게 드십시오."

"매번 고마우이."

롬들도 식객으로 머문 지 꽤 되었다.

이제는 돌아갈 법도 했건만, 공사를 더 벌여 로드의 안식처를 계속 꾸며 나가는 건 그에게 잘 보이기 위함만은 아니었다. 동칠의 요리에 중독된 탓도 있는 것이다.

요리를 마치고 동칠도 테이블에 앉으려던 때, 데몬이 돌아왔다.

"어?"

앉으려던 동칠이 일어서자 가르데일이 데몬에게 핀잔을 주었다.

"자네, 그러는 거 아니네."

"미안합니다. 일이 좀 생겨서 늦었습니다."

데몬은 동칠에게 다가가 조용히 말했다.

"일단 네 명을 데리고 왔소."

"아, 그래요? 들어오시라 그래요. 면 좀 더 삶고, 탕수육도 더 만들어야겠네요."

미안한 마음에 데몬은 팔부터 휘저었다.

"아니요, 싸온 것이 있으니 점심은 그걸로 해결하면 되오."

"아녜요. 금방 해요."

말과 함께 동칠이 주방으로 향하자 데몬도 쪼르르 그 뒤를 따라갔다.

"며칠 못 보던 사이에 핼쑥해졌네요?"

동칠의 눈에 보인 데몬은 정말 그러했다. 볼이 쏙 들어간 게 꼭 며칠은 굶은 사람 같았다.

그 말에 데몬이 역정을 냈다.

"여기 음식을 못 먹으니 그런 거 아니오! 그건 그렇고······."

"네."

음식을 준비하면서도 들을 준비가 되었다고 얘기했건만 데몬은 어쩐지 말 꺼내기를 주저하는 눈치였다.

동칠은 웃는 낯으로 채근했다.

"무슨 얘긴데 그래요?"

"사실은 말이오."

"예, 말씀해보세요."

데몬은 표정을 딱딱하게 굳힌 채 어렵사리 입을 열었다.

"마찰을 빚었소. 동칠교와……."

툭.

숯을 뚝 떨어뜨린 동칠이 그대로 움직임을 멈췄다.

"네?"

"나도 믿지 않으려 했지만 그자들, 틀림없는 동칠교였소."

이쪽의 사정을 아는지 모르는지, 샐러맨더들이 숯을 쟁탈하기 위해 열심히 싸우기 시작하며 불길이 치솟았다.

"부, 불났소."

깜짝 놀란 데몬이 주지시켰지만 동칠은 웃을 기분이 못 되어 건성으로만 대답했다.

"제가 피운 거예요."

"어떻게?"

"나중에 얘기해줄게요. 그 일, 어디서 어떻게 벌어진 건지 자세히 얘기해주세요."

결국 데몬은 궁금증을 뒤로하고 사연을 털어놓을 수밖에 없었다.

"사실 나도 긴가민가했소. 내가 알던 동칠교 신도들은 절대 그럴 사람들이 아니었으니까. 알고는 있소? 동칠교 신도가 수만 명에 육박한다는 사실을."

너무 놀란 나머지 동칠은 눈을 치뜨고 말았다.

"어, 어떻게?"

"조사해본바, 뿌리는 같되 근간을 달리하는 자들이 있었소. 그들은 오로지 동칠교의 확장에만 혈안이 되어 있었소."

줄곧 동칠이 와룡반점에만 틀어박혀 있어 세상 물정에 눈이 어두웠던 탓이다.

데몬의 말은 계속되었다.

"그들은 수단 방법을 안 가렸소. 당신 앞에서 이런 얘기까지 하기 뭐하지만, 쓰레기라는 단어가 딱 어울릴 만한 행동들도 서슴지 않았으니까."

사실이 그러했다. 살인, 방화, 약탈, 심지어 겁탈까지······.

"내가 들은 건 막 교단에 발을 들여놓은 한 흑마법사의 경험담이었소. 그가 살던 마을에 수차례 동칠교의 신도들이 다녀가며 신앙을 강요했다고 하오. 하지만 원래 신도 믿지 않은 마을이라 그런지 당신의 이름을 내건 종교가 받아들여지지 않았다고 했소. 얼마 후, 두건을 쓴 자들이 다녀갔다고 하더군요. 마을을 불사르고 아녀자를 그 자리에서 범하고……."

더 얘기를 꺼내기도 뭐했는지 데몬은 그쯤에서 말을 멈췄다.

동칠은 당연히 생기는 의문점을 던졌다.

"두건을 쓴 자들이 어떻게 그자들이라고 확신할 수가 있죠?"

"그 지옥 같은 곳에서 도망쳐 살아남은 자들이 있다고 하오. 그자들 중 한 명이 바로 그 신출내기 흑마법사요. 우연찮게 머물렀던 마을에서 벌어졌던 일이라고 했소. 마을 주민들은 흑마법사의 길을 관두고 그곳에 머물고 싶게 만들 정도로 모두 정이 넘치던 따뜻한 사람들이라고 했는데……."

충격을 금치 못하고 동칠은 몸을 부들부들 떨었다.

"어떻게 그럴 수가, 어떻게!"

동칠이 열을 내는 건 당연했다. 자신의 이름으로 벌어지는 일들이 아닌가.

얼마나 열이 받았는지, 속 안에 감춰두었던 염력이 꿈틀거렸고, 그 바람에 주방 안에 있던 식기들이 흔들리기 시작했다.

달그락달그락.

데몬은 당황할 수밖에 없었다.

"도, 동칠, 그러지 마시오!"

다시는 힘을 쓰지 않기로 다짐했던 동칠이었다.

다행히 자각과 동시에 급히 힘을 억눌렀는지 주방 안의 흔들림도 멎었다.

데몬은 놀란 가슴을 쓸어내리며 식은땀을 훔쳤다.

"휴우~"

동칠은 형언할 수 없는 죄책감에 물들었다.

"모두 제 탓이겠죠?"

"잘못은 그들에게 있소. 당신이 교를 창시한 것도 아닌데 왜 스스로를 책망하오? 그리고 잘못된 것은 바로잡아가면 되지 않겠소?"

"가능할까요?"

"세상에 쉬운 일도 없지만 굳게 마음을 먹고 임한다면 불가능한 일도 없을 것이라 보오. 당신이 나서 일을 바로잡아간다면 틀림없이 가능할 것이오."

충격은 가라앉지 않았지만 데몬의 말은 동칠에게 분명한 위안이 되었고, 목표까지 심어주었다.

'그래, 나로 인해 벌어진 일이니 내가 해결해야지.'

그 자리에서 다짐을 하고, 동칠은 데몬이 데려온 흑마법사들의 음식부터 준비했다.

* * *

신을 숭배하고 따른다는 신성 제국에도 엄연히 음지는 존재했다.

 이곳은 신성 제국의 고문실.

 철제 의자에 양팔과 두 다리가 단단히 고정되어 있는 사내를 향해 음침한 목소리가 날아들었다.

"패거리들은 어디 있지?"

"모른다."

 대답에 따라 새빨갛게 달궈진 인두가 사내의 허벅지를 찔렀다.

 치이이익.

"끄아아아이~"

 살이 타는 냄새가 진동했지만, 고문 기술자는 눈 한 번 꿈쩍하지 않았다. 도리어 죄수의 고통에 젖은 표정이 그를 미소 짓게 만들었다.

"좋게 말할 때 불라고. 살이 다 녹아버리기 전에."

 인두는 아직 그 살에서 빠져나오지 않고 주변의 살점들까지 살라먹고 있었다.

 끝을 알 수 없는 고통에 신음 소리마저 메마르기 시작한다.

 결국 창백해진 얼굴로 실신해버리는 사내.

 고통에 반응하는 것은 움찔움찔 떨어대는 육신뿐이었다.

"쩝, 이 고문은 너무 신사적인 건데……."

고문 기술자는 투정을 부리며 찬물 한 바가지를 퍼와 사내에게 끼얹었다.

촤악!

사내는 눈을 뜨자마자 얼굴을 참혹하게 일그러뜨렸다. 아직 지독한 통증이 가시지 않은 탓이다.

금세 곪아버린 상처에선 누르지 않았는데도 피고름이 걸쭉하게 묻어나왔다.

터질 것 같은 얼굴을 하고서도 사내는 힘겹게 입을 열었다.

"한 가지만 묻자. 어떻게 신성 제국이라는 곳에서 이런 끔찍한 일을 자행하는 거냐?"

"클클, 머리에 든 게 고문 기술뿐인 나한테 그런 걸 물으면 어쩌자는 거지? 좀 있으면 내게 일감을 주신 그분께서 오실 게다."

말이 끝나기 무섭게 두꺼운 쇠문이 열리며 소음을 토했다.

끼이이이.

간수의 안내를 받아 들어오는 인물들은 다름 아닌 크라피스 대신관과 그를 보필하는 성기사 둘이었다.

흙과 오물로 더러운 바닥을 밟는데도 그가 신은 백색 구두는 조금도 더럽혀지지 않는다.

신성력만으로 주위에 들러붙는 먼지들을 차단하는 것이다.

신비스럽기까지 한 광경이었지만, 죄수는 그것을 눈여겨 볼 여력이 없었다.

이곳에 붙들려 온 지 만 하루가 지나지 않았음에도 육신이 극심하게 시달린 탓에 피로감이 몰려와 눈이 가물가물 감겨와서였다.

막 잠들려던 그의 발에 고문 기술자의 손에 들려 있던 쇠꼬챙이가 박혔다.

퍽.

"끄으으윽."

이윽고 크라피스 대신관이 안으로 들어섰다.

"이자인가?"

다른 이도 아닌 대신관의 질문이라 고문 기술자는 공손한 마음가짐과 태도로 최대한 수그리며 답했다.

"그렇사옵니다."

실상 고위 관료들은 고문실에 행차하는 일이 드물었다.

그런 만큼 크라피스의 행차는 고문 기술자에게 영광과도 같았다.

하나, 이곳에 갇힌 죄인이 그의 신분을 알아볼 리 만무했다.

경멸하는 눈초리로 크라피스를 올려다보던 죄인은 이를 갈며 물었다.

"당신이 시켰소?"

"그렇다."

선뜻 대답을 내주었지만 크라피스의 표정은 얼음장처럼 차가웠다.

감이 떨어졌는지, 죄인은 그 속에 감춰진 잔인함을 알지 못하고 대들듯 물어왔다.

"내가 무슨 죄를 저질렀소?"

크라피스의 대답은 간략했다.

"이단."

기어이 죄인은 눈을 부릅뜨고 대들었다.

"당신네들이 권하는 종교를 믿지 않는다고 박해해도 되는 거요? 정의가 어떻게 당신들 편이라고 말할 수 있지!"

크라피스의 손이 죄인의 오른 볼에 살며시 닿는가 싶더니, 그 사이에서 밝은 색 광채가 퍼졌다.

"이게 정의다."

그때까지만 해도 죄인은 무슨 소린지 알지 못했다.

볼이 뜨거워지기 전까지는……

"끼아아악!"

살이 녹아내리고 있다. 그의 손이 어루만졌던 부위에서였다.

그 잔인함에 식겁하여 고문 기술자는 저도 모르게 인상을 찌푸렸다.

지독한 악취가 코를 찌르는데도 크라피스는 그 얼굴 그대로 냉소를 내뱉었다.

"많은 사람들이 판단에 착오를 남기지. 그 착오가 때로는 걷잡을 수 없는 후회를 불러오는 줄도 모르고……."

신성력을 머금어 광채를 띤 크라피스의 손이 벌벌 떨고 있는 죄인에게 다가가고 있었다.

※ ※ ※

주방이 비좁을 정도였다.

분점의 주방장으로 발탁된, 요리에 일가견이 있는 남녀들은 동칠의 행동 하나하나까지 놓치지 않으려 목을 길게 빼었다.

인원 구성비는 남성 둘에 여성 둘이었다.

요리사의 외모가 꼭 출중할 필요는 없지만, 여기 모인 4명은 모두 뭇 이성들의 마음을 설레게 할 정도의 선남선녀들이었다.

그래서인지 샨은 이따금씩 카운터도 팽개치고 달려와 미색이 빼어난 두 여성을 시기 어린 시선으로 바라보곤 했다.

"샨, 신경 쓰지 마. 네가 훨씬 예뻐."

주방을 들락거리며 마주치는 종업원들마다 그렇게 얘기를 해주고 갔지만 샨은 도무지 안심이 되지 않았다.

저들에게는 자신의 치명적인 단점이 없었다.

바로 평범한 인간의 귀라는 것!

동칠이 뾰족하고 큰 귀를 싫어한다는 건 예전부터 느끼고 있었다. 시시때때로 귀가 인간의 모양으로 바뀌는 꿈을 꿀 때마다 얼마나 설레었던가.

분명한 건, 빨간 구두를 신고 동칠의 손을 잡은 채 꽃밭에서 춤을 추던 때의 행복함은 아무리 환상이라 해도 지금의 행복함과는 비교도 할 수 없다는 것이다.

문득 한 후보가 교육 도중 가늘고 간드러지는 미성을 내며 손을 들었다.

"사장님, 질문 있습니다."

샨은 무의식중에 도끼눈을 하고서 가시 돋친 목소릴 내뱉고 말았다.

"저 여우 같은 게……."

그 소리가 전부의 귀에 닿았는지, 네 남녀 모두 주방 입구에 서 있는 샨을 빤히 쳐다본다.

동칠도 마찬가지였다.

싫은 소리를 들을 것 같았는지 샨은 스스로 자리를 떠 카운터로 돌아오면서도 질투심을 떨쳐 내지 못하고 툴툴거렸다.

"짜증 나."

샨이 자리를 비우고 난 주방에선 다시 교육이 재개되었다.

"네, 질문하세요."

아까 말을 멈춘 여성은 얼떨떨함을 지우고서 이제야 궁금한 점을 털어놓았다.
"저희에게도 저 화로가 주어집니까?"
그에 동칠은 고개를 가로저었다.
"여러분에게는 불의 마나석을 기반으로 한 화로가 주어질 겁니다. 대신 불을 피워줄 분들이 함께하실 겁니다."
교육은 영업이 끝날 시각까지 계속되었고, 교육생들은 대륙 최고의 요리를 배우는 만큼 남다른 열성을 보였다.
그러나 영업을 하면서 교육생들까지 가르치는 건 2배로 피곤한 일이었다.
교육생들이 돌아간 뒤, 동칠은 녹초가 된 몸을 이끌고 홀로 나갔다.
마침 의자가 반쯤 빠져 있어 앉았는데 뭐랄까, 의자에서 영험한 기운이 느껴지는 듯했다. 분위기도 어째 이상한 듯싶었고.
맞은편으로 고개를 돌렸더니 이브릴이 앉아 있었다.
둘 모두에게 불편한 자리가 될 터.
해서 동칠은 일어서려 했으나, 불쑥 잊고 있던 기억이 떠올랐다.
'사과를 한다고 했으니 하긴 해야겠다.'
다시 떼어진 궁둥이를 붙이며 엉거주춤 의자에 앉았다. 하지만 쉽게 입이 떨어지질 않아 한동안 어색한 침묵만 감돌

앉다.

 이제야 동칠은 쇠뿔도 단김에 빼라는 말을 이해할 수 있을 것 같았다.

 박약한 의지가 문제였다.

 결국 눈을 꽉 감고 속에 담아두었던 말을 꺼내었다.

 "미안해."

 이브릴의 싸늘한 시야에 동칠이 들어왔다.

 "뭐가 말이냐?"

 "전에 오해했던 거."

 사과 한마디로 풀어질 사이였다면 이브릴이 그렇게 이를 갈아대지도 않았을 것이다.

 동칠 저놈은 실버 드래곤 이브릴 라슈타르크, 자신의 인생을 파탄 낸 주범이나 다름없었다.

 물론 한시적일 테지만 말이다.

 그래도 무엇이 미안하다는 것인지, 무얼 오해했다는 것인지는 궁금했다.

 "내가 알아듣게끔 얘기해라. 뭘 오해했다는 거지?"

 바닥을 쓸고 닦던 종업원들이 그런 둘을 흘끔흘끔 보고 있었다. 그러다 동칠과 눈이 마주치기 무섭게 각자의 방으로 후다닥 들어가 버렸다.

 그제야 동칠은 말하기가 한결 수월해졌다.

 "난 네가 인간인 줄 알았어. 내가 널 미워했던 까닭은 그것 때문이야. 사실 난 이곳 사람이 아니거든. 아직 이 세계에 대해 모르는 게 많아."

대충 흘려듣고 말 생각이었지만 동칠의 고백은 이브릴에게 어찌할 수 없는 호기심을 꿈틀거리게 만들었다.

"이곳 사람이 아니라는 게 무슨 얘기지?"

"다른 세상에서 왔어. 이 건물과 함께……."

이브릴이 눈초리에 적의를 담고 물었다.

"네놈, 혹시 마계에서 왔느냐?"

엉뚱한 방향으로 얘기가 샐 듯하여 동칠은 자신이 이 세상에 온 수수께끼 같은 상황을 털어놓았다.

하지만 이브릴로서도 도통 모르겠다는 표정을 지었다.

"단독 개체라면 몰라도 건물을 통째로 옮겼다니……. 소환자가 누구지?"

"알면 이러고 있을 리가 없잖아."

그것은 마법에 관해서라면 타의 추종을 불허하는 드래곤들로서도 불가한 일이었다. 게다가 동칠 저놈이 왔다는 세계에 대해서는 전혀 데이터가 없다.

동칠은 그에게 무슨 기대를 걸거나, 그가 무엇을 해주길 바라지 않았다. 이 자리는 그저 사과를 위한 자리일 뿐이기 때문이다.

이브릴도 풀어지지 않는 의문에 한없이 골몰할 생각은 없었다.

"할 말은 그것뿐인가?"

동칠이 풀이 죽은 모습으로 고개를 끄덕였다.

이후 둘 사이에 오가는 말은 없었고, 동칠은 무안함을 안고 자리에서 일어났다.

그런 그를 멀뚱히 보고 있는 이가 있었으니, 바로 레드 드래곤 페라쿠스였다.

"내 자리였거든."

동칠은 그에게 시선만 한 번 주었을 뿐, 자신의 방으로 돌아갔다.

기다렸다는 듯 페라쿠스가 이브릴만이 들을 수 있는 소리로 물었다.

-저 괴물과 무슨 얘기를 한 거냐?

-사과를 받았다.

-뭐라도 알아낸 건? 저 녀석의 비밀이라든지 말이야.

-이 세계 태생이 아니라더군. 자신도 모르게 여기로 오게 되었다고 했다.

-그럼 그렇지. 저런 괴물 같은 인간이 이 세상에 존재할 리 없지. 그럼 저놈이 사는 세계에는 저놈 같은 괴물들이 득실거린다는 말일까?

페라쿠스는 잘못 짚어도 한참 잘못 짚고 있었다.

하나, 이브릴 또한 궁금한 사항이기는 했다. 동칠에게 차마 그걸 못 물어보았기 때문이다.

결국 둘은 로드 드래곤 쉴루스를 찾았다.

드워프들이 모두 물러간 자리에서 이브릴은 동칠이 이곳으로 넘어오게 된 사연을 전했고, 그 얘기를 전해 들은 쉴루스는 자신의 소견을 내비쳤다.

"실현 불가능한 것만은 아니지. 하나씩 하나씩 옮기면 될 테니까."

"하지만 로드, 그렇다면 이 안의 집기들도 모두 그렇게 옮겼다는 말이 됩니다."

"말이 또 그렇게 되나?"

아무리 사려 깊게 생각해봐도 다수의 물체를 한 번에 옮긴다는 것은 로드인 쉴루스조차 엄두도 못 낼 일이었다.

이 세상의 모든 지적 생명체들을 그 범주에 넣어보았다. 뿐만 아니라 정령들과 정령왕들까지…….

그래도 그러한 일을 자행할 수 있는 이는 없어 보였다.

'그렇다면 불가능한 일일 텐데. 동칠이 거짓말을 했거나, 내가 정한 범주 외에 무엇이 있으려나…….'

거기까지 생각이 미친 쉴루스는 경련이라도 일어난 것처럼 한 차례 몸을 떨었다.

'설마 그분이?'

그렇다.

지금 로드는 태고에 자신들을 창조하신 신일 거라 어렴풋이 짐작하는 중이었다.

그러나 이어지는 의문은 그조차도 산출이 어려운 것이었다.

'하지만 어째서?'

마을 어귀에서부터 불길이 치솟았다.

건물들이 불에 타고 겁에 질린 사람들이 비명을 지르며 거리로 쏟아져 나왔다.

"살려 줘~"

촤악!

피슈슈슈.

구원의 끈이라도 찾고 싶었을까?

도망치던 마을 청년은 한 팔을 뻗은 채 목과 등에서 피분수를 뿌리며 그렇게 쓰러졌다.

그의 목숨을 단칼에 앗아간 자가 여기 있는 모두가 들을 수 있도록 힘껏 소리쳤다.

"남자들은 모두 죽여라!"

"히히, 분부대로 따르겠습니다."

저항할 무기도 없는 자들은 그렇게 죽어나갔다.

늙은 노인들과 아이들이라고 예외는 아니었다.

어깨에 걸머진 자루에 한가득 패물과 돈을 챙겨 들고 있는 자들과 절망을 체험하고 있는 마을 주민들의 표정이 무척 대조적이었다.

여인들이 울부짖는 소리가 사방에서 끊이질 않는다.

신세를 비관하거나 파렴치한들에게서 몸을 지키려 스스로 목숨을 끊은 이도 있었고, 차마 그럴 용기가 없는 여인들은 머리채를 잡히거나 외간 남자의 어깨에 메인 채 끌려갔다.

인간이 못 되는지 벌건 대낮에 백주대로에서 몹쓸 짓을 자행하는 이도 있었다.

그런 무리들의 중심, 안면의 좌우로 교차하여 흉터가 아로새겨진 남자가 한 점을 응시했다.

그곳에는 예닐곱 소녀를 껴안은 여인이 주저앉아 있었다.

죽음과 맞바꾸려는 것인지 아이를 품에 안은 채 통 놓아주지 않으려는 여인.

측은해 보였을 법도 하건만, 그녀를 보는 남자의 입에서는 욕심이 가득한 음성이 실려 나왔다.

"네 미모가 가장 출중하구나."

말이 끝나기 무섭게 그 뒤에 있던 건장한 체격의 남자가 여인에게서 억지로 소녀를 강탈했다.

그제야 흉터의 남자는 비릿한 웃음을 머금은 채 그녀에게 다가갔다.

여인은 두려움에 몸을 뒤로 내뺐지만, 곧 더러운 손이 다가와 그녀의 옷을 사정없이 찢어발겼다.

수치심이 들었지만 그녀는 고개를 흔들며 눈물만 흩뿌릴 뿐, 아무것도 할 수가 없었다.

자신까지 죽으면 세상 물정 모르는 저 아이는 어쩐단 말인가.

눈앞에서 남편을 잃고 아이를 강탈당했다.

그리고 이제는 자유까지 잃어버렸다.

슬픔이 목까지 차올라 목이 메었지만, 남자의 광소 앞에 울음소리조차 묻혀 버렸다.

"크하하하하!"

그가 이곳의 지배자였다.

횡포를 부리는 자들은 모두가 자신의 부하요, 겁에 질린 여인들은 자신의 소유물이다.

그는 이곳에서 자신 위에 군림하는 자는 아무도 없을 것이라 믿고 있었다.

그때, 느닷없이 괴음이 들려왔다.

빠라바라빠라밤.

30년을 넘게 살았지만 단 한 번도 들어본 적이 없는 소리였다.

저 소리는 몬스터의 것도, 동물의 것도, 인간의 것도 아니었다.

부아아앙!

지면에 붙어 미끄러지듯 질주하는 그것에 놀라 여인을 범하던 자도, 약탈을 일삼던 자도, 마을 사람들을 무참히 살해하던 자도 뒤로 물러섰다.

바퀴 2개가 달린 그것의 정체는 50cc 스쿠터였다.

원래 경적 소리는 저 소리가 아니었다. 삼식이 멋 좀 부려보자고 철가방용 오토바이를 개조한 것이다.

뒤에 탄 이반의 얼굴은 벌써 새빨개져 있었다.

'쩝, 창피해서 같이 못 다니겠군.'

주위의 시선을 사로잡는 이 탈것도 문제지만, 꼭 경적을 울려 대는 삼식이 때문에 더 민망한 것이다.

어느새 오토바이가 완전히 멈췄다.

"스승 먼저 내려."

도무지 적응이 되지 않았던 탓에 이반은 고개를 푹 숙인 채 삼식의 말을 따랐다.

이어서 삼식이 뱀처럼 가는 눈으로 주위를 쓸어보며 야멸친 미소를 걸친 채 한껏 어깨에 힘을 주고 내려섰다.

그리고 등에 대검을 단 채 허리에 손을 걸치고 목을 빙그르르 돌리는 삼식을 보며 약탈자들은 직감했다.

그가 자신들을 적으로 간주하고 있다는 걸.

"웬 놈이냐!"

경고 섞인 질의에 삼식은 모두가 들을 수 있도록 음성에 마나를 불어넣어 힘차게 말했다.

"대륙의 영웅 삼식이다!"

그의 목소리가 건물들에 부딪히며 메아리를 낳았다.

대륙의 영웅 삼식이, 대륙의 영웅……

"아하하하!"

"크크큭."

손발이 오그라들기라도 바랐을까?

삼식은 자신에게 들려오는 비웃음이 몹시도 귀에 거슬렸다.

"뒈질래?"

그의 경망스런 말투에 이반은 가늘게 한숨을 쉬었다.

도대체가 삼식은 영웅과 어울리지 않는다.

어찌 대륙을 구할 영웅이 이처럼 가벼우며, 도발에 약하다는 말인가.

스승의 실망을 아는지 모르는지, 삼식은 아직도 키득거리는 무리들을 향해 바락바락 악을 썼다.

"그래도 웃어? 입을 찢어줄까!"

학창 시절 다리 좀 떨던 삼식이었다.

비록 싸움은 기피했지만, 상대를 주눅 들게 할 욕지거리들은 많이도 알고 있었다.

게다가 이 대륙에 와서는 알카에르 산적단에 몸을 담고 있었으니, 과거보다 더 유창하게 욕지거리들을 구사하는 것이 가능했다.

그러나 약탈자들은 삼식이 기대했던 반응을 보이지 않았다.

먼저 한 남자가 나섰다.

"어린놈이 입이 걸구나."

말투로는 삼식을 근엄하게 꾸짖고 있었지만, 손에 든 서슬 퍼런 검은 엄연한 협박이었다.

그 옛날 학창 시절과 달리 삼식은 걸어오는 싸움을 마다할 생각이 없었기에 등에 건 검갑에서 대검을 꺼내었다.

"웃차!"

그르릉.

대검과 함께 묵직한 마찰음이 짙게 깔려 나왔다.

"그만한 걸 한 손으로 쥔다는 것은 분명 경탄스런 일이로군. 그러나 조금 무거운 검을 들 줄 안다고 해서 이쪽이 기가 죽을 거란 생각은 버려라. 멍청아!"

경고를 마치기 바쁘게 삼식을 노리고 달려드는 남자.

그의 검이 삼식의 목을 찔러오는 때에 맞춰 삼식도 빠른 속도로 대검을 휘둘렀다.

후우웅.

쩌엉!

마나를 운용해 대검을 휘두른 터라 무지막지한 바람 소리에 이어 굉음이 들렸다.

쇠가 맞닿아 일으킨 불꽃이 산화하기도 전에 남자의 검이 그의 손을 벗어나 저만치로 날아가고 있었다.

욱신거리는 팔목을 움켜쥔 남자를 보며 삼식은 이빨 틈새로 침을 뱉어냈다.

찍.

"좆도 아닌 게 까불고 있어!"

수준 이하인 삼식의 언행에 이반은 몸을 부르르 떨었다.

심정 같아서는 삼식이 이놈을 기절시키고 자신이 그 안에 들어가고 싶었다.

어디 가서 제자라고 떠벌리기도 쪽팔릴 정도다. 적어도 함께 다니는 스승의 체면을 생각한다면 저래서는 안 되었다.

무기를 놓친 남자가 무작정 달아나려 할 때였다.

삼식이 비호같이 달려들며 대검으로 그의 뒤통수를 잔인하게 휘갈겼다.

콰직.

무려 5미터여를 날아간 남자는 땅바닥에 처박히더니 꿈틀거리며 영 맥을 못 췄다.

생명이 위태로울 수 있는 상황인데도 삼식은 매정한 말을 서슴없이 내뱉는다.

"뒈지든 말든."

삼식에게 살인은 문제가 안 되었다.

무엇보다 여기가 자신이 살던 세상이 아니라는 이유가 컸다.

더군다나 이놈들은 껍데기만 인간일 뿐, 쓰레기보다 못한 자들이 아닌가. 이들은 알카에르 산적단도 안 할 짓을 벌이고 있었으니, 삼식은 이 자리에서 인간 백정이 된다 한들 후회하지 않을 자신이 있었다.

"아까 웃은 새끼들 튀어나와!"

위협을 실은 삼식의 한마디가 약탈자들에게는 그저 난데없이 흘러든 겁 없는 애송이의 발작으로만 보일 뿐이었다.

"저놈, 아주 단단히 돈 모양이야."

한 사내의 비아냥거리는 소리가 삼식의 귀에 똑똑히 들렸다.

물론 들으라고 한 얘기이긴 했으나 바로 옆에서 말한 것처럼 크게 들린 까닭은, 삼식의 청각이 지나칠 정도로 발달했기 때문이다.

삼식은 방금 지껄인 사내에게 시선을 고정시키고 땅 밑의 돌을 걷어찼다.

이내 주먹만 한 돌멩이가 표적으로 삼은 사내의 얼굴 옆을 무서운 속도로 스쳐 갔다.

쨍그랑. 쾅!

일직선으로 뻗어간 돌멩이는 뒤편의 창문을 박살 낸 것으로 모자라 실내 깊숙이 박혔다.

그제야 비아냥거린 사내는 흠칫 놀랐다.

삼식은 제법 험악한 얼굴을 하고서 그에게 뚜벅뚜벅 걸어가더니 그 앞에 우뚝 섰다.

"방금 뭐라 그랬냐?"

마치 거인을 마주하고 있는 느낌이랄까?

삼식을 앞에 둔 사내는 저도 모르게 움츠러들었다.

'뭐지? 이 녀석······.'

곧바로 삼식의 성난 손바닥이 날아들었다.

짜악!

모든 이들의 시선을 집중시킬 만큼 큰 소음이 사내의 뺨으로부터 유발되었다.

고개뿐 아니라 상체까지 휙 꺾어진 사내가 반사적으로 몸을 정상으로 돌려놨을 때, 또 한 번의 따귀가 그의 상체를 반대편으로 꺾어놓았다.

짝!

그로부터 두 차례 더 몸을 제 위치로 돌려놓았음에도 따귀 세례가 멈추지 않자 사내는 아예 몸을 일으키는 걸 포기한 채 그 자세 그대로 멈췄다. 더 이상 반복하는 건 미련한 짓이기 때문이다.

그에 삼식은 사내에게 자비 없는 발길질을 가했다.

퍽!

삼식의 발에 그대로 걷어차인 사내가 허공에 붕 떴다가 땅으로 곤두박질친다.

쿵.

사내는 차마 눈을 뜰 수가 없을 정도였다.

볼이 터질 것같이 팽창한 건 물론이고, 입술이 한 자나 나와 있는 데다 눈두덩 또한 심하게 부었다.

피멍이 진 얼굴에서 내뱉을 수 있는 소리란 하잘것없었다.

"어버버버……."

삼식은 쓰러진 사내를 마구 짓밟았다.

퍽퍽퍽!

"죽고 싶어 환장했냐? 엉?"

동료의 입장에서 더 지켜보는 건 의리에 어긋나는 일!

근처에 있던 약탈자가 욕설을 내뱉으며 쇠망치를 들고 삼식에게 대들었다.

"이 개자식아!"

하나, 망치가 공기를 가르는 소리까지도 감지한 삼식은 번뜩 뜬 눈으로 뒤를 돌아보았다.

1초 후면 망치와 머리가 조우할 테지만, 그 시간이면 삼식이 대검을 휘두르기엔 충분했다.

퍼적.

무심결에 휘두른 검면이 약탈자의 몸통을 두들겼다.

눈 깜짝할 새에 휘둘러진 대검 때문에 약탈자의 쇠망치는 삼식에게 닿지 않았고, 도리어 그 주인과 함께 유유히 허공을 날았다.

쨍그랑.

2층 창문을 부수고 불이 난 건물 안에 떨어진 약탈자.

그곳에서 그가 타 죽을지 모르는데도 삼식에게 죄의식이라곤 없었다. 그냥 묵었던 스트레스가 싹 날아간 것처럼 후련했다.

이제야 삼식이 범인이 아니라는 걸 알아차린 약탈자들이 행동을 같이하기 시작했다.

그중엔 이 약탈자들의 우두머리도 있었다.

"어디서 굴러먹다온 뼈다귀냐?"

우두머리가 건넨 질문에 삼식이 눈에 불을 켜더니 쏜살같이 달려들었다.

당황한 약탈자들이 두목을 보호하겠다는 일념하에 몸을 내던졌다.

투콰콱!

파괴력이 실린 대검이 휘둘러질 때마다 약탈자들은 가벼운 물체처럼 사방으로 튀었다.

대검의 날이 무딘 게 그들에게는 천만다행이었다. 예리한 검이었다면 피육이 잘려 나갔을 테니까.

예상을 뒤엎는 삼식의 무력에 약탈자들은 물론 그 두목까지 당황하기 시작했다.

"막아라!"

삼식이 도합 7명의 사내들을 쳐내고 그 두목을 목전에 두고 있을 무렵, 큰 소리가 들렸다.

"잠깐!"

돌아본 곳에는 한 명의 약탈자가 팔뚝으로 마을 아가씨의 목을 조이고 있었다.

"멈추지 않으면 이년을 죽일 테다!"

삼식은 잠시 멈칫거리다가 이내 코웃음을 쳤다.

"풋! 그런 못생긴 아가씨 따윈 필요 없어. 죽이든지 살리든지 마음대로 해."

약탈자들은 일순 멍해졌다.

심지어 마을 사람들조차 삼식이 정의의 사도인지 악인인지 구분이 안 갈 정도였다.

다만 현명한 이들은 삼식의 말 속에 감춰진 뜻을 이해할 수 있었다.

도와주지 못하니 알아서들 내빼라는 말이다.

삼식이 진짜 여인에게서 관심을 지우고 두목을 돌아보려 할 때, 다시 한 번 경고성이 들렸다.

"그럼 이놈은 어떠냐?"

"어떤 놈이 귀찮게……."

선심 써서 돌아봐준 곳에는 이반이 붙잡혀 있었다.

생판 처음 보는 못생긴 여자와 스승의 차이니 방금 전과는 경우가 달라도 너무 다르다.

삼식은 곤혹스러운 표정을 지울 수 없었다.

"뭐야, 진짜!"

짜증 섞인 목소리가 이반에게 가 닿았다.

"허허, 갑자기 다가와서……."

이반이 사정을 얘기하는데도 한껏 구겨진 삼식의 얼굴은 펴질 줄을 몰랐다.

약점을 잡힌 삼식에게 약탈자의 우두머리가 회심의 미소를 지으며 명령했다.

"무기를 내려놓고 두 손을 머리 위로 올려라."

삼식의 목구멍에서 욕설이 절로 흘러나왔다.

"제기랄!"

"어서!"

채근이 있은 다음에야 삼식은 발치에 대검을 내려 두고 그가 시키는 대로 행했다.

곧 우두머리로부터 인근에 있던 약탈자에게 지시가 하달되었다.

"묶어."

"예, 두목!"

그가 들고 오는 건 매우 두꺼운 밧줄이었다.

삼식은 저 밧줄을 끊을 수 있으리라는 확신이 없었다.

'씨팔, 이러다 둘 다 죽는 거 아냐?'

그가 한발 한발 다가올수록 삼식은 초조해졌다.

기어이 두 손을 머리에서 내리고 발치 아래 떨어져 있던 대검을 주워들었다.

"너 뭐하는 거야?"

밧줄을 들고 가던 약탈자가 흠칫 놀라 묻는데도 삼식은 그에게 시선조차 주지 않고 이반을 향해 말했다.

"스승, 미안해. 대신 내가 복수는 확실히 해줄게."

어딘지 모르게 슬퍼 보이는 표정이었다.

하지만 이반은 기도 안 찼다.

스승이 목숨을 저당 잡혔는데 위협 좀 느껴진다고 헌신짝처럼 팽개치다니.

적어도 응하는 시늉쯤은 해줘야 할 것이 아닌가.

이반은 아무리 삼식이 철딱서니가 없기로서니 저렇게 무개념일 줄은 몰랐기에 스승 된 입장에서 씁쓸한 마음을 이루 달랠 수가 없었다.

"그래도 나는 삼식이 너를 많이 아껴 주었거늘……."

이반의 힐난에 미안함은 느끼는지 삼식은 기어들어가는 목소리로 항변했다.

"복수해준다고 하잖아."

한편, 이반을 인질로 잡고 있는 약탈자도 황당함을 금치 못했다.

삼식이라는 저자가 이 인질을 소중하게 생각하는 것 같긴 한데, 그래도 자신의 안전과는 바꿀 수 없는 모양이다.

바로 그에게 삼식의 고성이 꽂혔다.

"좋은 말로 할 때 놔줘! 안 놔주면 넌 특별히 고기처럼 다져 놓을 테다!"

그에게 결정권은 없었다. 겁을 먹고 이 인질을 놓아주면 두목에게 죽게 될 것이기 때문이다.

삼식의 멋진 대사를 듣고도 이반은 허탈했다.

'감동을 해야 하는 건지······.'

멀어진 스승과 제자 간의 거리.

이반은 삼식에게 자신이 이 정도의 존재밖에 못 된다는 걸 깨달았고, 삼식은 상황을 이렇게 만든 약탈자들에게 그 탓을 돌렸다.

"용서하지 않겠다!"

삼식의 울분은 그대로 약탈자들에게로 향했다. 아직 스승이 당한 것도 아닌데 말이다.

그에 이반을 붙든 약탈자에게서 한 차례의 협박이 더 있었다.

"진짜 찌른다?"

이반의 목에 비수까지 들이대고 위협하는 약탈자에게 삼식은 재고할 필요도 없다는 듯 소리쳤다.

"찔렀다가는 알아서 해라!"

영웅 납신다 · 233

찌르는 것까지는 자유인데 그러면 끔찍한 결과를 감수해야 할 것이란 협박이다.

어떻게 해야 좋을지 몰라 약탈자는 두목의 눈치만 살폈다.

두목 또한 난감했다.

저 늙은이를 죽이면 유일한 방패막이가 사라지는 것이나 진배없으니, 어찌 쉽게 결단을 내릴 수 있겠는가.

삼식이 성큼성큼 다가서자 이반을 붙든 약탈자는 손을 벌벌 떨며 허둥대기 시작했다.

"가까이 오지 마. 가까이 오지 말라고!"

그 바람에 날카로운 비수가 이반의 목젖에 닿을 듯 말듯했다.

순간, 급작스레 이반이 손을 들어 비수를 든 약탈자의 손목을 꺾으며 그 손에서 비수를 빼앗아들었다.

"크윽!"

행여나 팔목이 부러질까 걱정이 되어 오만상을 찌푸린 약탈자!

이반은 자신을 포로로 삼았던 약탈자의 팔을 그대로 늘어뜨렸다.

부두둑.

"끄아악!"

기형적으로 휘어진 팔을 붙들고 약탈자는 껑충껑충 뛰었다.

이반이 위기에서 벗어나자 삼식의 얼굴색도 환해졌다.

"어? 스승!"

그 반김을 접하고도 이반은 배신감에 사무쳐 대꾸도 않았다. 애초에 삼식을 시험해볼 요량으로 붙들렸던 것이다.

삼식도 이제야 그를 알아차렸다.

"거봐, 내가 이럴 줄 알았어."

"넌 제자도 아니다. 의리 없는 놈."

진심이 담뿍 담긴 말이었건만, 삼식은 분위기 파악도 못하고 어리광을 부렸다.

"에이~ 왜 그래, 스승?"

"너한테 스승이라고 불리고 싶지도 않다."

스승의 화가 오래도록 풀어지지 않으리라는 걸 깨달은 삼식은 약탈자들에게 그 탓을 돌렸다.

"네놈들 때문이다! 이 나쁜 놈들, 가만두지 않겠다!"

퍼버벅. 퍼벅.

그렇게 삼식이 마을을 종횡무진 누비자 약탈자들의 피해가 속출했다.

"상대는 단 한 명이다. 어째서 못 막는 거냐!"

두목이 고래고래 소릴 질렀지만 삼식을 상대하는 약탈자들은 억울할 따름이었다. 그와 자신들의 수준 차이가 그만큼 현격하다는 걸 깨달았기 때문이다.

급기야 괴물 같은 삼식에게서 벗어나려 그들은 사방으로

영웅 납신다 • 235

도망치기 시작했다.

삼식은 최대한 가까운 거리의 도망자들부터 잡아 족쳤는데, 그러다 보니 가장 중요한 두목이 도망치는 걸 잡지 못했다.

그러나 그에게는 비장의 무기가 있었다.

"헹! 도망쳐 봐야 이 삼식 님 손바닥이지."

삼식은 당장에 배달용 오토바이에 오른 뒤 잠시 기다렸다.

한데, 이쯤 기다리면 으레 와야 하는 이반이 타지 않았다.

답답해진 삼식이 물었다.

"스승, 안 가?"

"……"

쌀쌀맞은 스승이 부담스러웠는지 삼식은 제 할 말만을 했다.

"그럼 나 먼저 간다?"

"……"

부다다당.

그리고는 더 기다리지 않고 정말 오토바이를 이끌고 휑하니 가버렸다.

이반은 자꾸만 헛웃음이 나왔다.

"저놈은 정의를 위하는 게 아니야. 그저 재미가 들려 영웅놀이를 하는 것일 수도. 내 살다 살다 너 같은 제자는 정말 처음이다."

애초에 삼식에게 인간미를 기대한 자신이 어리석었다.

오랜 세월을 살아왔기에 삼식 같은 철딱서니도 받아들일 수 있는 너그러움이 이반에게는 있었다.

이 순간에도 삼식에게 된통 당한 약탈자들의 신음성은 끊이질 않았다.

저 중엔 분명 꾀병을 부리고 있는 이들도 있을 테지만, 그래봐야 소수. 마을 사람들이 아무리 약하다 한들 부상 입은 약탈자들에게 당하진 않을 것이다.

마을엔 미련을 접고 이반은 삼식이 간 방향을 따라 걸었다.

고개를 넘어가자 바로 삼식을 목격할 수 있었다.

삼식은 오토바이를 멈추고 또 다른 무리와 마주하는 중이었다.

약탈자들과는 옷차림부터 다른 무리들음!

가물가물했지만 저들의 옷에 그려진 표식은 틀림없이 이반이 기억하는 그것이었다.

조급함에 이반의 걸음이 빨라졌다.

약탈자들의 두목은 혼수상태였다.

두 다리는 땅에 끌렸을지언정 길게 늘어진 두 팔을 근엄한 인상의 사내들이 붙들고 있어 그 얼굴이 흙에 닿지는 않았다.

"이자 말인가?"

흰 구두를 신은 붉은 입술의 남자가 약탈자 두목을 가리키며 묻자 삼식은 입을 크게 벌려 말했다.

"그래, 그놈 내 거야."

그의 언행에 무리가 있다고 받아들여졌는지, 약탈자 두목을 붙든 사내들의 표정이 딱딱하게 굳어졌다.

삼식이 가당찮게 사내들을 쏘아보더니 다시 방정맞은 입을 열려던 순간, 마침 다가온 이반의 손이 급히 그의 입을 틀어막았다.

"읍!"

"가자, 이놈아. 어서!"

오토바이에 탄 이반에게 세 남자의 시선이 집중되었다.

이반은 앞에 앉은 삼식의 등을 떠밀었고, 삼식도 스승의 화가 풀어졌다고 느껴서인지 손잡이를 당겼다.

부아앙!

자욱하게 흙먼지를 일으키며 달리는 오토바이 위에서 삼식이 물었다.

"스승, 아는 놈이야?"

삼식이 눈여겨본 대로였다.

이반과 저자, 크라피스는 구면이었다.

'경험상 붙든 말든 놔두는 편이 좋았을까?'

이반은 삼식을 그에게서 떼어놓은 게 잘한 선택인지 돌아보는 중이었다.

삼식은 바람 소리에 자신의 목소리가 파묻혀 들리지 않은 걸로 오인하고 더 큰 음성으로 물었다.

"스승, 아는 놈이냐고~?"

"알 것 없다, 이놈아. 그냥 달려라."

크라피스는 멀어지는 오토바이를 보며 갸우뚱거렸다.

'분명 어디에서 본 자인데…….'

기억을 되짚어본 결과, 확실히 그는 기억 속에 있었다.

"이반."

가늘게 흘러나온 이름에 곁에 있던 이들이 물었다.

"대신관님, 저 노인이 정녕 이반입니까?"

크라피스가 고개를 끄덕이자 두 사내는 매우 놀란 기색이었다.

비록 차림새는 평상복이지만 사내들은 엄연히 성기사들이었다. 그리고 성기사들의 검술에 지대한 공헌을 했다고 알려진 사람이 바로 이반이었다.

이반은 막대한 보수를 받고 신성 제국의 성기사들에게도 직접 검술을 사사했던 것이다.

다만 지금으로부터 40여 년은 지난 일이라 현재 신성 제국에 몸담고 있는 이들의 대다수는 그 이름만 기억할 뿐이었다.

이름으로만 듣던 이반을 실제로 보게 되어서인지 성기사

들은 감개무량했다.

 과거 고위 신관이었던 크라피스는 그와 마찰을 빚을 뻔했던 기억을 애써 떨치고 붙잡은 약탈자 두목을 노려보며 입을 열었다.

 "일으켜라."

 성기사들의 손에 의해 몸을 일으켰을 때, 약탈자 두목은 치뜬 눈으로 크라피스를 노려보았다.

 "네놈들은 누구냐?"

 방금 성기사들이 그의 직위를 거론했음에도 알아차리지 못한 건 정신이 든 지 얼마 안 된 탓이다.

 친절하게도 크라피스는 다시 한 번 자신의 이름을 읊어주었다.

 "바하트마 신성 제국의 대신관 크라피스라고 하네."

 약탈자 두목의 눈이 두려움에 질려 갔다.

 "시, 신성 제국의 대신관?"

 "그렇다네."

 언뜻 보면 그는 자애로움을 내비치고 있었지만, 그 입술에 걸린 미소는 너무나도 잔악해 보였다.

 "시작하지."

 크라피스의 말이 떨어지자 성기사들이 그의 어깨를 우악스런 힘으로 움켜쥐었다.

 뚜두둑. 뚜둑.

약탈자 두목은 자신의 어깨뼈가 바스러지고 있는 처절한 고통에 몸부림쳤다.

"크아아아!"

크라피스가 흥미로운 눈길로 그를 바라보며 물었다.

"동칠교의 본단이 있다고 들었는데?"

질문을 듣자마자 약탈자 두목은 얼마 전 자신 휘하의 부두목이 행방불명되었던 일을 떠올렸다.

'설마 그놈이……?'

대답이 지연되자 크라피스가 다시 눈길을 주었고, 성기사들이 그의 상박부에 압력을 가하기 시작했다.

꾸국. 투툭.

손톱이 살을 파고드는 것으로 모자라 근육을 찢어놓았다.

그에 약탈자 두목은 나락을 체험하고 있었다.

"끄으으으!"

신성 제국과 동칠교가 어울릴 리 없었다. 그 또한 신성 제국이 동칠교를 고깝게 여기고 있다는 것은 인지하고 있었다.

"나, 난 아무 상관없소. 그저 우린……."

"청부를 받았을 뿐이다?"

"그렇소."

고문실에 감금된 부두목으로부터 이미 들었던 사항이었다.

다만 그 부두목은 동칠교 본단의 위치는 두목만이 알 것이라고 했다.

그것이 크라피스가 이 자리에 서 있는 까닭이다.

"그래서 더욱 자네한테는 관심이 없네. 나는 이단의 처벌을 원하지, 자네들의 처벌을 원하는 게 아니야."

주위를 둘러보는 두목의 눈초리엔 두려워하는 기색이 가득했다. 혹시라도 누군가 자신을 지켜보고 있지는 않은가 염려가 되어서다.

인기척이 느껴지지 않아서인지 그는 크라피스에게 물었다.

"절 지켜 주실 수 있습니까?"

"자네의 대답에 따라."

쐐액.

그 순간, 대기를 가르는 파공음이 들렸다.

그와 동시에 끝이 날카로운 화살촉이 얼결에 약탈자 두목의 시야에 포착되었다.

탁.

무섭게 날아오던 화살은 성기사의 손에 잡혀 있었다.

질겁한 눈으로 화살촉을 보고 있는 약탈자 두목.

그는 자신을 붙든 인물이 화살을 한 손으로 잡은 데 대한 놀라움도 느꼈지만, 그보다는 누군가 자신의 심장을 향해 화살을 날렸다는 데 더욱 떨어야 했다.

인근에 감시자가 있는 것이다.

또 다른 성기사 한 명이 화살이 날아온 방향으로 즉각 신형을 날렸다.

이 모든 일이 순식간에 일어났다.

더불어 약탈자 두목의 사고도 일사불란하게 이루어졌다.

'이미 난 표적이다. 그럴 바엔 차라리…….'

결심을 굳힌 그는 크라피스를 보았다.

"협조하겠습니다."

 무료한 일상의 연속이었다.
 바센의 귀족들은 물론이고 국왕도 동칠의 눈치를 보느라 누구 하나 무리수를 두지 않았다.
 그의 눈 밖에 날 만한 일들은 일찌감치 멀리하는 것이다.
 그러던 사이, 얼마 전에 들려온 소문들은 페노멘을 비롯한 바센의 모든 귀족들의 귀를 의심케 했다.
 바로 악인으로 지목된 동칠의 행보에 관한 것이었다.
 동칠은 다시 와룡반점으로 돌아왔다고 하나, 세상에 떠도는 그 소문이 사실이라면 안심할 수 없는 노릇이었다.
 특히나 동칠의 힘을 직접 목격했던 페노멘은 그가 언제 변심할지 몰라 노심초사했다.

엄연히 국왕이 자리를 보전하고 있다고는 하지만 실권은 이미 동칠이 쥐고 있었다.

 게다가 과거와는 사정이 달라졌기에 더욱 불안해할 수밖에 없는 것이다.

 그러나 시간은 그런 걱정조차 무디게 만들었다. 두려움의 대상인 동칠은 코빼기도 보이질 않았으므로.

 다시 일상에 무료함을 느끼던 페노멘은 펼쳐 둔 책은 뒷전으로 하고 손가락으로 탁자를 두들기다 일어섰다.

 "어디, 노예나 괴롭히러 가볼까?"

 서재를 나서기 전, 시녀가 그의 등에 코트를 걸쳐 주었다.

 "날씨가 차옵니다."

 그녀의 말마따나 문을 열기 무섭게 휑한 바람이 불어왔다.

 세상이 하얗게 변해 있었고, 바람에 눈도 섞여 있는 옴팡진 겨울이었다.

 중장 갑주를 걸친 채 자작이 머물던 서재의 문을 지키고 선 기사가 정중하게 물어왔다.

 "어디로 가시옵니까?"

 "프로센을 보러 가겠다."

 "소인이 앞장서겠습니다."

 일전에 페노멘은 동칠에게 협력한 자가 자신의 수하였음을 확인시켜 주면서 프로센에 대한 전권을 물려받았다.

 한두 번 다니는 곳도 아니었기에 기사는 최단 거리로 페노멘을 안내했다.

그렇다고는 하나 성 내부로 연결된 5층 높이의 구불구불한 계단을 내려가야만 했고, 어두컴컴한 부분을 밝히기 위해 한 손에는 횃불을 들어야 했다.

이윽고 성의 바닥에 다다랐다.

좁게 나 있는 창살들. 페노멘이 죄수들을 가둬두는 뇌옥이었다.

그러나 프로센과 그 식솔들을 받음으로써 페노멘은 사형수 외의 죄수들은 다시는 같은 죄를 짓지 않겠다는 언약하에 모조리 석방해주었다.

사형수들의 사형 일정 또한 앞당겨졌다. 죽을 놈은 좀 일찍 없어져도 된다는 생각에서였다.

그래야만 프로센 일가를 편히 괴롭혀 줄 수 있으므로.

그에 기실 이 뇌옥은 어느새 프로센 일가의 거처가 되어 있었다.

또각또각.

기사와 페노멘의 구두 소리가 선명하게 울려 퍼지나 싶더니, 어느 순간부터는 여인들의 숨넘어갈 듯한 신음 소리에 묻혀 버렸다.

페노멘이 물었다.

"놈의 부인이 있던 방인가?"

"그러하옵니다."

동칠의 명령 • 249

"색깨나 밝히는군."

원치 않았던 성행위를 강요당하는 건 비단 그의 부인만이 아니었다.

프로센이 아끼던 많은 첩들도 이곳에 갇혀 있었고, 아리땁던 그의 딸들도 매한가지였다.

페노멘은 저 소리를 듣고 있을 프로센이 느낄 고통을 상상했다.

자업자득이었다.

권력을 남용해 영지민들의 가정을 빼앗고 심지어 힘없는 다른 귀족들의 여식과 부인들까지 탐내었으니, 입이 백 개라도 할 말이 없을 것이다.

그에 비하면 자신은 그야말로 신사였다.

소문난 공처가였던 만큼 아직까지 부인 하나만 바라보고 있으니 말이다.

뭐가 그리 신나는지, 페노멘은 신음 소리에 맞춰 춤까지 췄다.

"내 덕분에 후련해하는 귀족들 좀 있을 테지?"

미소를 머금고 기사가 듬직하게 대답했다.

"물론이옵니다."

어느덧 프로센이 갇혀 있는 곳에 다다랐다.

창살 너머의 프로센은 개죽을 얼굴에 처바르듯 집어넣고 있었다.

페노멘과 눈이 마주친 그는 밥그릇을 꼭 끌어안은 채 질겁하여 뒷걸음질 쳤다.

창살 가까이 다가가던 페노멘은 문득 인상을 잔뜩 찌푸렸다. 며칠을 씻지 않았는지 구린내가 진동했던 것이다.

그에 한 발 물러서며 좌우에 있던 간수들에게 명했다.

"투입."

간수들은 재깍 쇠사슬을 들고 안으로 들어가 프로센을 두들겨 패기 시작했다.

"끄워어억!"

방금 먹은 음식이 그리도 아까운지, 프로센은 입으로 토해 낸 음식을 잡으려 손을 뻗었다.

그 광경을 본 페노멘이 짜증 섞인 음색으로 중얼거렸다.

"아주 가관이구만. 역시 전생에 돼지였을까?"

금세 제압당한 프로센의 양팔을 간수들이 짓누르자, 그제야 페노멘이 안으로 들어섰다.

"여어~ 프로센 백작님, 오랜만입니다. 지낼 만하십니까?"

비아냥거리는 말투에도 프로센은 작금의 처지를 깨닫고 자비를 호소했다.

"크흐흑, 내가 잘못했네. 제발 풀어주게."

"식솔들은 놔두고 말입니까?"

"나만이라도 좋으니 보내주게. 과거를 잊고 새 삶을 살겠네."

페노멘은 그런 프로센의 면상을 구둣발로 짓눌렀다.

"으윽!"

"이거야 원, 쓰레기라고는 생각했지만 이 정도로 쓰레기일 줄은 상상도 못했네."

애초에 프로센을 풀어줄 마음은 없었다. 그냥 떠본 말일 뿐.

그러나 이 프로센이라는 인간은 페노멘에게 있어 알면 알수록 더욱 괴롭히고 싶은 충동을 불러일으켰다.

"준비한 놈들 들여와."

페노멘의 명령에 창살 밖에서 대기 중이던 간수가 근육질의 노예들을 불러왔다.

"실한 놈들로 골라왔습니다."

간수의 말에 페노멘은 비릿한 미소를 머금었고, 다른 간수들은 준비해온 쇠사슬로 프로센의 양팔을 녹이 슨 철제 침대에 단단히 고정시켰다.

그에 프로센은 당황하고 있었다.

"뭐, 뭘 하려는 거야?"

"오랜만에 호강 좀 시켜 드릴 생각인데, 싫으십니까?"

프로센은 분명히 보았다. 들여온 노예들이 남자인 것을.

제 몸이 노예들의 손에 농락당하는 것은 참을 수가 없었다.

"그, 그만둬. 그만두라고!"

프로센이 아연해하는 사이, 페노멘은 팔짱을 끼며 물러섰다.

"왜 이래? 네놈도 곱상한 소년들깨나 괴롭혔잖아."

그때, 그가 괴로워하는 모습을 보며 실컷 골려 주려던 페노멘을 향한 발소리가 있었다.

발소리의 주인은 곧장 철창 안으로 들어서 페노멘의 귓전에 대고 작은 소리로 속삭였다.

"주군, 그분께서 오셨습니다."

"그분이라니?"

"동칠 님 말입니다."

페노멘의 눈이 찢어질듯 커졌다.

그는 프로센의 비명을 뒤로하고 철창 밖으로 빠져나가 달리기 시작했고, 그를 보좌하던 기사와 말을 전한 기사 또한 발 빠르게 쫓아왔다.

기사 둘과 앞서거니 뒤서거니 하며 뇌옥 입구에 다다른 뒤에야 페노멘은 뇌옥을 지키던 간수장에게 말을 전했다.

"적당히 하고 정리해라. 다 잠들게 해."

"분부대로 거행하겠나이다."

5층이나 되는 계단을 단숨에 뛰어 올라간다는 건 쉬운 일이 아니었으나 페노멘은 숨을 몰아쉬면서도 조금도 속도를 늦추지 않았다.

다른 인물도 아니고 동칠이다.

국왕보다 높은 인물의 행차이니 이렇게 서두를 수밖에.
"어… 디 계시… 지?"
숨이 가빠와 끊어 묻는 질문에 기사가 답했다.
"응접실로 모셨습니다."
"미… 치겠네."
응접실은 2층이었다.
5층에 다다른 뒤에도 한참을 다시 내려가야 한다는 얘기다.
기사에게 잘못은 없었다. 뇌옥으로 통하는 길은 이곳 한 곳뿐이었으므로.
하도 힘이 들어 숨이라도 돌리고 싶었지만, 그럴 수가 없었다.
그렇게 응접실 앞까지 뛰어간 뒤에야 페노멘은 허리를 숙이고 숨을 골랐다.
"하악, 하악."
그 앞에서 신음 소리를 낼 순 없는 노릇이 아닌가.
곧 페노멘의 손짓 두 번에 기사들이 문이 열었다.
벽난로로 인한 응접실의 따스한 공기와 문밖에 머물던 차가운 공기가 마주치며 땀으로 젖은 페노멘의 머리카락을 훅 날렸다.
그런 응접실의 온기가 페노멘은 하나도 반갑지 않았다.
아직 더운 것이다.

그가 예고도 없이 찾아온 것이 불만이기는 했지만, 감히 내색할 수도 없었다.

소파에는 동칠 외에도 가르데일과 만드라고라가 있었다.

만드라고라가 사람 옆에 앉아 있는 것이 참으로 생소한 일이었으나, 페노멘은 한쪽 무릎을 바닥에 대고 고개를 직각에 가깝게 숙이며 경외심을 담아 외쳤다.

"신 페노멘, 동칠 님을 알현하옵니다!"

"일어서요."

페노멘은 동칠의 목소리에 황망해하며 일어섰다. 전에 동칠을 대할 때와는 사뭇 다른 태도였다.

"왜 그렇게 땀을 흘려요?"

"네, 넵?"

그러고 보니 땀을 닦는 것을 잊었다.

페노멘은 그제야 소매로 얼굴에 흠뻑 묻은 땀을 닦아내며 궁색 맞게 변명했다.

"동칠 님께서 소신의 성으로 행차하셨다는 소식을 듣고 부랴부랴 뛰어오느라 그렇사옵니다."

동칠은 천천히 왔어도 되었을 거라는 말을 하려다 말았다.

이곳에 오기 전, 기왕 이 왕국을 지배하에 놓게 되었으니 귀족들과 격을 두는 게 다스리기 좋을 것이라는 가르데일의 조언이 있어서였다.

역시나 페노멘은 동칠을 살피기에 바빴다.

한편으로는 소문으로 듣던 포악함이 이 자리에서 벌어질 것이 두려워 간담이 서늘하기까지 했다.

왜 그가 찾아왔는지 부지런히 머리를 굴리고 있을 무렵, 동칠이 스스로 해답을 내주었다.

"협조를 구하러 왔어요."

"혀, 협조라 하오시면……?"

동칠은 무뚝뚝한 표정을 하고 테이블 위에 두루마리들을 올려 두었다.

"앞으로 이런 일을 할까 하는데, 손이 부족해요."

"이 자리에서 살펴봐도 되겠습니까?"

허락을 요하는 물음에 동칠은 묵묵히 고개를 끄덕였다.

곧이어 페노멘이 펼쳐 든 두루마리 속엔 많은 계획들이 적혀 있었다.

그것은 이 바센에 한정되는 것이 아니라 대륙 전역이 포함되는 일이었다.

페노멘 자신조차 모르게 속눈썹이 파르르 떨렸다.

'도대체 무슨 생각으로……?'

※ ※ ※

분점은 성업 중이었다.

각 분점마다 한 명의 흑마법사들이 배정되었다.

물론 불만의 목소리도 있었다.

와룡반점 주방장이자 주인의 수제자를 자처하는 이들이고 재료도 똑같은 걸 사용했지만, 급히 배운 요리이니만큼 맛의 차이가 있었던 것이다.

특히나 미식가들의 불만은 이루 말할 수 없었다.

'이건 자장면이 아니야.', '무슨 탕수육 맛이 이래?', '짬뽕이 맵지가 않잖아!' 등등 그들은 그 자리에서 불만을 쏟아 냈고, 각 분점의 주방장들은 그로 인해 진땀을 흘려야 했다.

하지만 그러한 시행착오들을 거치며 주방장들의 요리 실력은 조금씩이나마 발전해갔다.

또한 와룡은행의 지부들도 대륙 곳곳에 생겨났고, 그와 연관된 상업들 또한 발달하기 시작했다.

다섯 군데의 분점이 생겨나며 동칠은 자유로이 출타할 수 있게 되었다.

하지만 한가하게 여가를 즐기지는 못했다. 벌여 놓은 일이 많았기 때문이다.

게다가 가끔씩은 와룡반점도 문을 열어야 했다. 와룡반점만을 고집하는 사람들이 아직 많아서였다.

우당탕탕!

"주인 나오라 그래!"

테이블을 뒤엎으며 난동을 부리는 손님에게 근처에 있던

샨이 달려갔다.

"이거 왜 이래요?"

"여기 주인 때문에 죽다 살아났다. 이유가 되었나?"

샨은 당황스러웠다.

이번이 처음도 아니다. 요 근래 이런 손님들이 부쩍 늘어났다.

'대체 얼마나 패고 다니신 거야?'

미리 동칠로부터 언질이 있었기에 샨은 태도를 돌변, 최대한 사근사근하게 굴었다.

"손님, 저쪽 방으로 안내해드릴게요."

"안내? 누가 음식이나 먹으려고 온 줄 알아!"

버럭 성을 내는 손님에게 샨은 또 한 번 깍듯이 고개를 숙여 보이고서 그의 귀에 대고 조용히 얘기했다.

"사장님 보러 오신 거잖아요. 안으로 사장님을 불러드릴게요."

그렇게 사장을 부르라며 소리치던 손님이 사장님을 불러준다니 실색을 지었다. 전의 광기가 오늘 이 자리에서 다시 벌어지는 건 아닐지 두려웠던 것이다.

'그래도 설마… 이 손님 많은 곳에서 날 죽이기야 하려고?'

샨은 주저하며 머뭇거리는 그의 등을 떠밀었다.

"아잉, 일단 들어가시와요."

그 애교에 못 이겨 손님이 비워둔 방으로 들어갔고, 그의 불안을 덜어주기 위해 샨도 방 안으로 들어가며 부탁을 했다.

"율카스, 사장님 좀 불러줄래? 판테스 오빠, 카운터 좀 봐줘."

"알았어."

"응, 맡겨 둬."

율카스가 주방으로 달려가고 판테스는 카운터 자리로 갔다.

그제야 무슨 일이냐는 듯 주변을 둘러보던 사람들의 시선도 거둬졌다.

실상 그 사연을 짐작하는 이들 또한 많았다. 하지만 그들 모두 하나같이 묵언할 뿐이다.

주인이 다소 못된 짓을 저질렀더라도 그들은 반신반의하거나 나름의 사연이 있을 것이라 옹호해주는 분위기었다.

물론 그 악행에 혀를 내두르며 발길을 끊은 이들도 적잖았다.

그러나 그들 중 일부는 도저히 원조 자장면과 짬뽕, 탕수육 맛을 잊을 수 없어 마음을 돌리고 다시 이곳을 찾곤 했다.

방 안으로 손님을 따라 들어간 샨은 가지런히 무릎을 꿇고 앉아 테이블 위에 있는 컵에 따끈한 엽차를 따라주었다.

"먼 길 오느라 힘드셨죠?"

차를 다 따라준 뒤 살며시 말아 쥔 주먹으로 손님의 어깨까지 두들겨 주었다.

그 바람에 막 차를 들이켜던 손님의 입에서 엽차가 뿜어져 나왔다.

"풉!"

"어머, 어떡해! 죄송합니다."

샨 같은 미인이 손수 테이블 위에 놓인 냅킨으로 젖은 옷을 닦아주니 손님은 몸 둘 바를 몰라 했다.

평범한 아가씨가 이랬다면 '이거 왜 이래?' 하고 발끈 성을 내었을 테지만, 샨은 어디에 내놔도 빠지지 않을 미모와 몸매의 소유자인지라 그는 막 짬뽕을 먹은 손님처럼 얼굴이 후끈 달아오르고 가슴이 콩닥콩닥 뛰었다.

"용서해주실 거죠?"

더불어 살인적인 눈웃음까지 접하자 따지려고 찾아왔던 손님은 정신이 몽롱해지고 머릿속이 하얗게 질려 버렸다.

여우 짓도 저런 여우 짓이 없었다.

그때, 방문이 열리고 곧 동칠이 들어왔다.

동칠은 죄스런 마음을 안은 채 허리부터 깊이 숙였다.

"전의 일은 죄송하게 되었습니다."

그가 사과를 하는데도 샨이 옆에 있는 까닭에 손님은 멍해진 상태에서 벗어날 수 없었다.

보나 마나 샨이 또 손님에게 갖은 아양을 떨었을 것!

샨 딴에는 사모하는 사장님의 짐을 덜어주려 한 것이었지만 자신이 바라던 바는 아니었기에 동칠은 눈짓으로나마 그녀를 꾸짖었다.

눈치 하나는 10단이라 샨은 손님에게 꾸벅 고개를 숙이고 얼른 자리에서 일어났다.

"그럼 두 분, 얘기 나누셔요."

이미 홀려 버린 터라 손님은 샨이 총총걸음으로 나가는 모습에서까지 말로 형언할 수 없는 매력을 느꼈다.

벌을 받는 아이처럼 테이블 앞쪽에 무릎을 꿇고 앉은 동칠은 그런 손님의 안면을 낱낱이 뜯어보았다.

신기하게도 자신이 해코지했던 이들의 모습은 뇌리에 선명하게 각인되어 있었다.

그 결과, 동칠은 굳이 수첩에 메모를 해두지 않고도 자신을 찾은 손님이 사기꾼인지 아닌지를 분간하는 일이 가능했다.

오늘 이 손님은 진짜다. 분명하게 장소와 시기가 기억났다.

"카이드 성에서 뵈었군요……."

기어들어가는 동칠의 목소리를 들은 후에야 정신이 들었는지 손님은 당차게 쏘아붙였다.

"용케도 기억하는군! 그 많은 사람들 중에서 나를 기억하는 건 어려웠을 텐데."

"거듭 죄송합니다."

"죄송한 걸 아는 사람이 그랬어?"

동칠은 고개를 푹 떨어뜨리고서 말했다.

"제가 어떻게 보상을 해드려야 할지……."

너무도 달라진 태도에 손님은 그 동칠이 이 동칠이 맞나 싶었다.

또한 홍채의 색이 다르다.

내면은 외면에 고스란히 드러난다고, 이 선한 인상이 그 악한 인상과 대비되는 점도 간과할 수 없었다.

'분명 그때는 금빛이었거늘……. 내가 사람을 착각하고 있는 건 아닐까?'

피해 당사자들이 찾아올 때 누구나 갖던 의문이었다.

그러나 동칠 스스로 그것이 자신이었다는 것을 인정하고 있다.

"이제 다시 그런 일은 없을 겁니다. 깊게 뉘우치고 있습니다."

동칠이 정말 반성하는 듯 이렇게까지 숙이고 나오자 손님의 노여움도 한풀 꺾였다.

"신전을 찾아가 치료를 받았으니 망정이지, 하마터면 골로 갈 뻔했네."

"면목이 없습니다."

같은 이유로 여기 오는 상당수가 그랬다. 신전의 치료나 포션 등으로 완쾌를 한 뒤 찾아오는 것이다.

 상처를 너무 오래 방치하면 몸 상태는 더 악화되기에 미리 손을 써둬야만 한다.

 동칠이 걱정되는 건 그 점이었다.

 행여 돈이 없는 이들은 변변한 치료조차 받지 못하고 있을 게 아닌가.

 비록 태도는 많이 유연해졌지만 아직 화가 덜 풀린 까닭에 손님은 동칠을 한 번 더 비꼬았다.

 "여기 찾아왔다고 또 해코지하는 건 아닌지 모르겠군."

 "절대 그러지 않겠습니다."

 올 때의 분이 완전히 걷힌 것은 아니었지만 무조건 잘못했다고 하니 손님 입장에선 더 추궁하고 꾸짖기도 뭐했다.

 어색함 속에 시간은 계속 흘러갔다.

 동칠 입장에서는 이 자리가 빨리 끝나야 했다. 아직 밀려 있는 주문이 많기 때문이다.

 상황에 따라 판테스가 주방 일을 도맡겠지만, 아직 그의 요리 실력은 너무 어설프다.

 그러나 손님에게 빨리 일어서달라고 요구할 수도 없는 노릇이었다. 동칠은 혼나러 왔지, 타협을 하러 온 게 아니기 때문이다.

 다행히 손님은 그 이상 시간을 끌지 않았다.

"없던 일로 덮어두지. 대신 피해 보상비라도 받아야겠네. 내가 원하는 건 공간 이동에 든 비용 일체와 치료비일세."

"그렇잖아도 미리 준비해두었습니다."

동칠은 고개를 숙인 채 손님 테이블에 흰 봉투 하나를 건네었다. 이 대륙에서는 생산되지 않는 편지 봉투다.

손님은 신기한 모양새에 이끌렸다.

"어떻게 여는 거지?"

동칠이 제 손으로 붙였던 봉투의 끝 부분을 개봉해 다시 내어주었다.

"음, 특이하군."

안에 든 것은 누런 전표였다.

그 내용을 확인해본 손님은 화등잔만 하게 커진 눈으로 중얼거렸다.

"시, 십오 골드?"

"와룡은행에서 발행한 전표입니다. 타 은행에서도 교환이 가능합니다. 액수가 부족하다면 더 드릴 용의가……."

"아, 아니, 너무 많아. 내가 생각한 금액은 팔 골드 정도였어."

"저 때문에 마음고생이 심하셨을 테니 받아주세요."

솔직히 개개인에게 15골드란 돈은 동칠에게도 버거운 금액이었다.

그러나 백이면 백, 다 치료비를 받아가는 건 아니었다.

아는 이들의 도움을 받아 회복한 이들도 많았고, 동칠의 진심을 알고 피해 보상을 거절하는 경우도 있었다.

또한 아주 몹쓸 짓을 저지르다 동칠에게 발각된 이들은 자비 없는 손속을 가해 거동이 불편할 지경에 이른 탓에 그때의 악몽으로 감히 동칠을 찾지도 못했다.

하지만 동칠의 난처함은 여기서 끝난 것이 아닐 터.

손님이 그걸 말해주고 있었다.

"뭐, 주니 받겠지만 이대로 끝나지는 않을 걸세. 여러 곳에서 자네에게 죄를 물으러 올 텐데, 어떻게 할 생각인가?"

"달게 받을 생각입니다."

참으로 억울한 일이었다. 동칠 자신도 통제 불능 상태에서 벌어진 일이 아닌가.

그러나 남아 있는 기억들은 동칠에게 무수한 죄책감을 지울 수 없게 만들었다.

이러한 사실들을 피해자들에게 얘기해봐야 더한 원성만 듣게 될 것이니 스스로가 감내해야만 하는 처지였다.

손님이 일어섰다.

"아는 이들에게는 자네가 많이 반성하고 있다고 말하겠네."

화가 많이 걷힌 모양이다.

동칠은 그것만으로 만족할 수 있었다.

"정말 감사합니다."

그때와는 너무도 상반된 모습에 손님은 아연해졌다.

'아무래도 이상하군.'

딱 거기까지였다. 손님은 더 자세하게 묻지 않고 연신 고개를 갸웃거리며 동칠의 배웅을 받아 와룡반점을 빠져나갔다.

그를 보는 가르데일의 마음이 짠했다.

"꼭 저래야만 할 필요가 있는 걸까요?"

데몬의 질문에 가르데일은 나지막한 한숨을 쉬며 대답했다.

"스스로 죄의 무게를 덜 수 없어서겠지."

막 손님을 배웅하고 돌아서려던 동칠에게 반가운 목소리가 들려왔다.

"동칠, 오랜만이오!"

소리가 들린 쪽으로 고개를 돌리니 아니나 다를까, 슐터와 롯테가 있었다.

"두 분, 오랜만이네요. 식사하러 오신 거예요?"

슐터가 고개를 가로저음에 따라 동칠도 사색이 되었다.

"설마?"

"이런 일로 발걸음하게 되어 미안하오."

롯테는 진심으로 미안한 표정이었다.

실어증에 걸린 사람처럼 동칠이 고개를 돌려 외면하자 슐터가 그의 소매를 붙들었다.

"우리 얘기를 좀 들어주오."

"무슨 얘기요? 보나 마나 재료를 구하러 가자는 거 아니에요? 왜 그런 걸 딱 부러지게 거절을 못하는 거죠?"

동칠이 과하게 반응하는 것도 무리는 아니었다. 두 사람도 같은 처지에 놓였었으니 천번 만번 그를 이해할 수 있었다.

그러나 자신들은 제국에 몸을 담고 있는 처지. 때로는 싫고 좋음을 내색할 수 없는 것이다.

"폐하의 명령을 어길 수는 없잖소."

실망스런 눈초리로 바라보는 동칠에게 슐터가 사정조로 말했다.

"이번 일은 어렵지 않다고 하오. 좀 도와주시구려."

"그럼 두 분이서 하시면 되겠네요."

쏘아붙이는 말에 말문이 막혔는지 입을 닫은 슐터가 가만히 서 있기만 하는 롯테 부기사단장의 옆구리를 찔렀다.

그에 마지못해 롯테의 입이 열렸다.

"모든 일은 우리가 처리하겠소. 당신은 그냥 확인만 해주면 되오. 또, 이번 길에는 궁정 수석 마법사님과 우리 노바 기사단의 기사단장께서도 함께하시겠다고 했으니 저번 같은 위협에서 보다 적절히 대처할 수 있을 것이외다. 물론 우리가 가는 길이 그만큼 위험한 길도 아니라고 하고."

"뭘 찾는 건데요?"

동칠의 물음에 슐터가 예전 그가 그려 준 그림을 보여 주었다.

"새우?"

"그렇소. 이것을 보았다는 목격자가 있소. 다만 얼핏 스쳐가며 본 것이라 확실히는 모르겠다고 하오이다."

동칠 자신이 비록 그림을 잘 그린다고는 해도 모든 재료들을 완벽히 그려 보일 순 없었다. 분명히 그 점도 간과할 수 없는 부분이었다.

그러나 선뜻 내키지가 않았다.

"비슷하면 그냥 가져와보라고 하면 안 돼요?"

"우리끼리라면 그냥 우리 둘이 앞장서가려 했소. 하지만 우리보다 더 높으신 분들이 이번 여정에 가담하셨소. 우리가 판단할 문제가 못 된다는 얘기요. 양해를 좀 해주시구려."

문득 동칠의 뇌리에 황제 오테라스가 먹성 좋게 식사하는 모습이 떠올랐다.

'그놈의 입 때문에 도대체 몇 명이 고생하는 거야?'

울분이 토해지려 했지만 이 또한 입 밖에 내서는 안 될 말이라 속으로 화를 삭여야 했다.

"아, 짜! 짬뽕에 뭘 넣은 거유?"

손님의 외마디 소리!

판테스가 짬뽕을 조리하다 실수한 모양이다.

동칠은 허겁지겁 안으로 향하며 말했다.

"영업 끝나고 얘기해요."

두 사람은 처연하게 앉아서 기다렸다.

영업이 끝나기만을.

그래도 크루거 제국에서 알아주는 두 사람이다.

제국의 대마법사와 노바 기사단의 부기사단장이라는 위치가 어디 호락호락 주어지는 자리던가?

피나는 노력으로 검술과 마법을 갈고닦고 그 능력을 인정받아 얻게 된 자리였다.

제국의 영향력이 미치는 곳에 발이라도 디딜 때면 여기저기서 떠받들듯 했다.

하지만 오늘만은 두 사람도 자신들의 신세를 한탄해야 했다.

"황제 폐하나 동칠이나 대하기 어려운 건 오십보백보구려."

"내 말이 그 말이오."

나뭇등걸에 사이좋게 엉덩일 깔고 앉아 넋 빠진 사람들처럼 들어가고 나오는 손님들만 헤아리던 두 사람.

날이 어둑해져서야 와룡반점은 손님을 더 받지 않았고, 그제야 슐터가 일어서며 양손을 대고 허리를 폈다.

두두둑.

"어이구, 허리야."

제국의 대마법사 꼴이 말이 아니다.

그 모습이 여간 우스운 게 아니었는지, 롯테는 참지 못하고 웃음을 터트렸다.

"껄껄껄."

"왜 웃으시오?"

"대마법사께서 그러시는 건 처음 봅니다."

슐터도 지지 않았다.

"사돈 남 말 하시는구려."

마지막 손님들이 나오는지 종업원들이 모두 나와 합동으로 허리를 숙였다.

"다음에 또 오십시오!"

손님들은 음식 맛에 매우 만족했는지 이를 쑤시며 어깨 너머로 팔까지 흔들어주며 사라져 갔다.

이윽고 동칠이 이곳으로 걸어왔다.

"안 갔어요?"

"영업 끝나고 오랬잖소."

"다른 곳에라도 있다 오시지……."

약간은 미안한 마음이 드는 모양이다. 그 기회를 놓치지 않고 슐터가 말했다.

"우린 상관 마오. 허리가 아프고 어깨가 결릴 뿐이니까. 엉덩이가 차가운 건 며칠 변비로 고생하다 보면 나을 듯하오. 설마 찢어지기야 하겠소?"

동칠이 이빨을 보였다. 저도 웃기는 걸 가까스로 참는 것이다.

이때다 싶어 롯테가 말을 보탰다.

"너무 부담 갖지 마시오. 그곳은 길이 좀 험할 뿐이지, 육지에 속하는 데다 몬스터도 없는 곳이라 하였소."

"정말이요?"

"그럼. 내가 왜 당신에게 거짓말을 하겠소?"

그 말대로라면 기피할 것도 못 된다.

"그 말, 장담할 수 있는 거죠?"

"내 우리 가족을 걸겠소."

철석같은 대답에 솔깃해 동칠은 결정을 내렸다.

"좋아요. 그런데 얼마나 걸리죠?"

"궁정 수석 마법사님도 함께하실 테니 길어야 일주일일

거요."

 지금 내린 결정이 얼마나 큰 파장을 불러올지 동칠은 차마 짐작하지 못했다.

※ ※ ※

"헉헉."

 일련의 무리들이 금방이라도 숨이 넘어갈 듯한 기세로 가파른 산비탈을 오르는 중이었다.

 그들을 쫓는 자들은 기사들이었다.

 그것도 신성 제국이라는 곳을 표방하는 곳에서 파견된 성! 기! 사!

 가장 앞장서 달리는 이의 목구멍으로부터 욕지거리가 튀어나왔다.

"개 같은 놈들……."

 세인들에게 신성 제국이라는 곳은 그야말로 악을 멀리하고 선을 강조하여 타의 모범이 되는 제국 정도로만 인식되어왔다.

 하지만 지금 그곳에서 파견된 신의 뜻을 받드는 성스러운 기사라는 자들은 서슴없이 살육을 자행하는 악마들이었다.

"씨발, 우리가 무슨 죽을죄를 졌다고……."

 연달아 욕이 튀어나오기 무섭게 뒤쪽에서 피안개가 허공

으로 뿌려졌다.

촤아아.

돌아보기도 무서웠다. 필시 동료들 중 하나의 목이 떨어져 나갔을 것!

애초에 상대가 안 된다는 걸 깨닫고 무기까지 내던졌건만, 돌아오는 것은 죽음뿐이었다.

"네 이놈들! 하늘이 무섭지 않은 게냐?"

최후의 발악을 하듯 한마디를 내던진 자에게 무서운 속도로 다가온 성기사의 검이 유연한 곡선을 그렸다.

푸슈슈슉!

자욱하게 피를 뿌리는 사내에게 성기사는 싸늘한 음성을 남겼다.

"죄는 씻어졌다."

이들에게 면죄부란 곧 죽음이라는 얘기였다.

작금의 신성 제국에서 가장 몹쓸 짓으로 치부하는 건 폭행도 살인도 사기도 윤간도 방화도 아닌, 이단이었다.

특히나 신성 제국에 견줄 만할 정도로 세를 넓히고 있는 동칠교라면 두말할 나위가 없었다.

하지만 이들 중 상당수는 자신들이 왜 죽음을 목전에 두게 된 것인지도 알지 못했다.

그토록 신중함을 보이던 신성 제국이 돌연 태도를 바꿔 동칠교 신도들의 대대적인 척살에 들어간 것이다.

이는 선전포고나 다름이 없었다.

단지 거리에서 복음을 전파하던 것만으로 이들은 쫓기고 쫓기다 죽음을 맞게 된 것이다.

한 명, 또 한 명의 신도가 목숨을 잃었다.

몸 주위로 희뿌연 빛을 발하는 저자들이 다다를 때마다 하나의 목숨이 세상을 떠났다.

'멈추면 죽는다.'

그것이 진리였다.

말까지 아껴 가며 가장 앞서 달리는 이라고 안도할 것은 못 되었다.

'이대로라면 잡힌다.'

급작스럽게 돌아선 이의 손바닥에서 두 줄기 강렬한 섬광이 뻗어 나왔다.

촤앙!

미처 예상하지 못한 일이었음에도 성기사들은 본능적으로 위험을 감지하고 다급히 옆으로 몸을 날렸다.

"치잇!"

다시 몸을 돌려 달아나는 이! 그에게 두 성기사의 시선이 쏠렸다.

"간부다!"

크라피스가 동칠교도들의 대대적인 척살에 들어가면서 알게 된 사실 중 하나가 바로 저것이었다.

그들도 막대한 신앙에 기반을 둔 신성력을 손에 넣었다는 것.

신성력은 신이 따로 부여한 힘이 아닌, 개개인의 영기가 뭉쳐져 생긴 힘이었던 것이다.

다만 아직까지 동칠교에서 신성력을 발할 수 있는 이들은 간부들에 한했다. 그러니 신성 제국의 입장에서는 저들의 힘이 더 커지기 전에 손을 써야만 했다.

성기사들은 눈에 불을 켜고 그의 뒤를 쫓았다.

그 힘이 증폭되었는지, 옅게 빛나던 몸이 한층 더 밝은 빛을 띠었다.

표적이 된 동칠교 간부는 똥줄이 타들어가는 것 같았다.

'정녕 여기서 끝이란 말인가?'

절망에 빠져 있는 그에게 어쩐지 음산한 목소리가 다가왔다.

"쫓기고 있나?"

동칠교 간부에게 그가 누구인가는 문제가 못 되었다. 대상이 누구라도 좋으니 도움을 주기만을 바랄 뿐이었다.

"누, 누구요? 도와주시오."

거목 뒤에서 잿빛의 사내가 모습을 드러냈다. 인간과는 다르게 귀가 길고 뾰족한 다크 엘프였다.

그 미소가 너무 잔악해 보였기에 동칠교의 간부는 저도 모르게 소름이 돋았다.

순간, 다크 엘프의 검갑에서 잠자고 있던 검이 광속에 가깝게 뽑혔다.

 촤악!

 털썩.

 낯선 사내의 등장에도 속도를 늦추지 않고 달려오던 성기사의 몸이 양단 나버렸다.

 부지불식간에 동료에게 찾아든 죽음에 다른 성기사는 우뚝 멈춰 설 수밖에 없었다.

 "웬 놈이냐!"

 "말할 힘은 아껴 두는 게 좋지 않을까?"

 검끝에서 길게 뻗어져 나온 휘황한 광채가 그 주인의 신형과 함께 번쩍이며 성기사의 검과 육신을 통째로 찢어발겼다.

 동칠교 간부가 떨면서 물었다.

 "당신은 누구요?"

 "나? 마잔베르크라고 하네."

 쫓기던 동칠교의 간부가 자신을 마잔베르크라고 소개한 이를 따라간 곳에는 군막이 들어서 있었다.

 그리고 그곳에선 다수의 사람들과 소수의 다크 엘프들이 바쁘게 움직였다.

 그 점 말고는 별로 눈여겨볼 게 없었는지, 동칠교의 간부는 자신의 소신을 밝혔다.

"반격할 생각이오."

"호오, 신성 제국에?"

"우린 그만한 힘이 있소."

"오판이겠지. 신성 제국은 그리 호락호락한 상대가 아니야."

동칠교의 간부는 지지 않고 말했다.

"우리에게도 소드마스터가 있소. 대마법사 역시."

마잔베르크는 빙긋 웃었다.

"그러고 보니 자네 이름을 듣지 못했군."

"안델이라 하오."

마잔베르크는 키가 자신의 어깨밖에 오지 않는 안델의 어깨에 스스럼없이 손을 올리며 다정다감하게 얘기했다.

"그래, 안델. 싸워야 할 적이 있다면 싸워야지. 하지만 말이야. 석을 제대로 알지 못하면 뼈아픈 패배만 떠안아야 할지도 몰라."

"대단위 전투의 경험은 없지만, 우리 동칠교는 지금도 꾸준히 세를 확장하고 있소. 머잖아 신성 제국을 능가하게 될지도 모른다는 얘기요."

동칠교란 말에 마잔베르크의 눈썹이 꿈틀거렸다.

사실은 알고서 접근했지만, 그 이름을 자신의 귀로 듣는 것은 매우 거북했다.

쓰라린 과거가 떠오르는 것을 꾹 참으며 마잔베르크는 그를 한쪽으로 인도했다.

"잠시 저쪽으로 가보겠나?"

절벽 끝에 선 그는 손가락을 들어 현기증이 날 정도로 아득한 아래를 가리켰다.

"저게 우리 병력의 십 할일세. 물론, 전부 실전 경험이 많은 전투병들이지."

"저, 저게 도대체……."

안델은 놀랄 수밖에 없었다.

빼곡히 들어찬 막사들 사이로 수많은 사람들이 돌아다니고 있었다. 군마도 상당수였고, 도처에서 체계적으로 훈련을 받고 있는 병사들도 보였다.

방패병, 창병, 기마병, 보병, 심지어는 마법병들까지…….

안델은 자신이 우물 안 개구리가 아니었을까, 하는 생각마저 들었다.

"우리는 자네들에게 도움을 줄 수 있네. 어떤가? 힘을 합치는 것이. 천하를 양분하는 거지."

"그, 그건 내가 판단하고 결정할 수 있는 문제가 아니오."

"그럼 결정권을 가진 간부님들을 이리로 모셔 와줄 수 있겠나?"

안델은 덜컥 겁이 났다.

"제안을 전하고는 싶소. 다만 꼭 돌아올 수 있으리라는 보장은 못하겠소."

"호위를 붙여 주도록 하지."

짝짝.

마잔베르크가 손뼉을 두 번 치자 한 명의 다크 엘프와 한 사람이 다가왔다.

"부르셨습니까, 총통?"

"아, 그래. 너희 둘이 이분을 좀 호위해서 다녀와 줘야겠다."

"명을 받들겠나이다."

둘은 팔을 직각으로 굽혀 목례를 한 뒤 안델을 데리고 길을 떠났다.

잠시 후, 눈매가 매서운 다크 엘프가 마잔베르크에게 다가와 물었다.

"괜찮으시겠습니까?"

"나쁠 건 없지."

"하지만 저들은 단순한 신앙 단체가 아니옵니까?"

"크큭, 한참 잘못 짚었어. 신앙은 핑계일 뿐이고, 저들이 추구하는 건 힘이야. 필요에 따라선 제 주인도 잡아먹을 녀석들이지."

마잔베르크가 하는 말을 곁의 수하는 어렵지 않게 알아들을 수 있었다.

저들의 주인이라면 바로 동칠을 일컫는 것!

마잔베르크의 안면에 스산한 미소가 걸렸다.

"저놈들, 우리보다 더 짓궂은 듯해."

그때, 돌연 한 다크 엘프가 뛰어왔다. 소식통 중 한 명이었다.

그는 오자마자 곁에 있는 수하에게도 들리지 않을 소리로 마잔베르크의 귀에 대고 작게 속삭였다.

사항을 들은 즉시 마잔베르크의 눈이 이채를 띠었다.

"삼식이?"

총통의 의문에 그는 입을 닫고 고개를 숙여 보였다.

옆의 수하가 들어도 상관없을 소리였는지 마잔베르크는 그가 했던 말을 되뇌었다.

"삼식이 영웅 행세를 하고 다닌다? 그 녀석에게 그럴 힘이 있던가?"

"소신이 본 바에 의하면 단신으로 십수 명을 쓰러뜨렸습니다."

정말 의외의 말이었다.

삼식은 검술에 재능이 없었다. 그래서 녀석을 버려둔 채 길을 떠나오지 않았던가!

당시 삼식이 재능만 보였다면 마잔베르크는 곁에 두어 자신의 길로 이끌 셈이었다.

이제야 슬쩍 욕심이 났다.

"데려올 수 있겠나?"

"하지만 저 혼자서는……."

"무력으로 제압해 데려오라는 말이 아니야. 그리운 형님이 보고 싶어 한다고 전해."

그렇게 마잔베르크는 삼식과의 재회를 기다렸다.

※ ※ ※

"이 길이 정말 맞아요?"

동칠의 물음에 아무도 대답하는 이가 없었다.

아까서부터 '저 길이 맞아요?', '길이 막혀 있는데 아닌 거 아니에요?' 등등 수십 번을 가깝게 물었기 때문이다.

동칠이 겁쟁이라서가 아니었다. 혹시 예전처럼 돌이킬 수 없는 일이 벌어질까 우려가 되는 것이다.

각기 슐터와 롯테로부터 동칠이 위험한 길을 극히 꺼린다는 얘기를 들은 그들은 저 결계가 마계와의 구분선이라고는 차마 얘기하지 못했다.

일전에 삼식과 이반이 찾았던 바로 그곳이다.

그리고 그때 저편의 언덕에서 동칠 일행을 지켜보고 있는 이가 있었으니, 바로 바트리어스였다.

"막을 수 없어. 믿지 않는 데다 욕심 많은 황제를 거스를 수도 없으니."

저들의 여정이 어떤 파란을 불러올지 그녀는 짐작하고 있었다.

파멸의 군주가 저곳으로 나와 세상이 혼돈에 휩싸일 것이다.

물론 경각심을 일깨웠다면 동칠만은 막을 수 있었다.

하지만 그를 막으면 피해는 극대화될 것이다. 저 일에 대한 죄책감을 느끼지 못한다면 동칠은 전면에 나서지 않을 테니까.

"당신이 삼식이와 막아줘요. 그 길뿐이군요."

그 말을 남기고 바트리어스는 어둠 속으로 홀연히 사라져 갔다.

다가올 미래는 까맣게 모르고, 동칠은 눈앞에 닥친 불안함만 떨치려 애썼다.

"뭔가 있는 거죠?"

궁정 수석 마법사 일리얀은 그에 너털웃음을 터트렸다.

"허허, 아닐세. 다른 대륙으로 통하는 구분선일 뿐, 그 이상은 없네."

마계를 몇 번 드나든 경험이 있는 일리얀이었고, 그때마다 무사히 살아 돌아왔기에 지금의 그가 있는 것이다.

동칠은 차마 전에 롯테와 슐터에게 못 물었던 사항을 이제야 묻고 있었다.

"그럼 왜 두 분께서 오신 거예요?"

"이 문을 넘나들 때 보호가 필요하기 때문이야."

바다도 아니고 시커먼 장막!

눈앞의 저것이 대륙의 구분선이라는 말이 거짓부렁처럼 느껴졌지만, 원체 이상한 세상이니만큼 맞는 소리일 수도 있었다.

일리얀은 동칠뿐 아니라 동행한 모든 이들에게 정말 보호마법을 둘러주었다.

반투명한 기운이 몸 주변으로 느껴지자 동칠은 신기해하면서도 다른 한편으로는 괜한 의구심을 품었나 하는 생각을 했다.

"자, 들어가지."

일리얀이 등을 떠밀자 동칠이 안으로 쑤욱 빨려 갔다.

"어어?"

일리얀 역시 그대로 파고들었고, 노바 기사단장 바르체가 무뚝뚝한 표정으로 그 뒤를 따랐으며, 함께 온 짐꾼들도 어둠 속으로 빠져들었다.

종국에 가서는 롯테와 슐터, 둘만 남았다.

"꼭 이래야만 했소? 동칠은 우리 생명의 은인이었는데……"

롯테의 말에 슐터는 고개를 저었다.

"너무 걱정이 앞서시는구려. 일리얀 님께서 말씀하시길 일체 문제 될 게 없다고 하셨소. 또한 멀지 않은 곳이라 마족의 훼방도 받지 않을 거라고 하셨소이다."

"그 말대로만 되면 정말 좋겠구려."
슐터가 방긋이 웃고서 권유했다.
"갑시다."

동칠 앞으로 펼쳐진 건 신세계였다.

보랏빛 꽃들이 만개하고 사방에서 꽃을 찾아 어여쁜 붉은 나비들이 날아다녔다.

생각했던 것과 너무도 딴판이어서 동칠은 잠시 넋을 놓고 말았다.

"서두르세."

슐터와 롯테까지 당도한 뒤여서 그는 일리얀의 말에 따라 걸음을 옮겨 갔다.

한데, 기괴하게도 그들이 지나간 곳에선 흐드러지게 피었던 꽃들이 험악한 눈을 뜨고 그들을 쏘아보았다.

어느새 짙은 구름이 깔리며 어둑해져 가나 싶더니 급기야

먹빛 비가 내리기 시작했다.

"이, 이게 도대체……."

새까맣게 변해가는 땅을 보며 동칠이 놀란 어투로 중얼거리자, 일리얀은 그럴 줄 알았다는 듯 대수롭지 않게 얘기했다.

"여기서만 펼쳐지는 기현상일세. 신경 쓸 것 없다네."

사실 동칠이 보았던 꽃과 나비는 지독한 독성을 뿌리고 있었고, 먹빛 비는 오로지 마계에서만 볼 수 있는 염산 비였다.

일리얀이 쳐 둔 보호 마법 덕분에 동칠은 살과 뼈가 썩고 녹는 피해에서 자유로울 수 있었던 것이다.

그리고 왜인지 자신의 걸음이 굉장히 빠르다는 걸 느꼈다.

"헤이스트라는 마법일세. 자네가 바쁜 사람이라고 하여 특별히 신경을 써주었네."

알아듣지도 못할 말을 쉴 새 없이 중얼거렸던 이유가 그것인 듯하다.

여러모로 미심쩍은 구석이 있었지만, 동칠은 이렇다 할 이의를 제기하지 못했다.

자신도 이 길은 처음이었고, 아직 뚜렷한 위협도 보이지 않았기 때문이다.

어느덧 비가 그치고 눈앞에 광활한 황야가 펼쳐졌다.

특이한 사항이라고는 작물 하나, 풀 한 포기 없는 땅이라는 점이다.

이 또한 일리얀은 대수롭지 않게 둘러댔다.

"가뭄이 심했다더군. 땅이 갈라진 것도 그 때문이지."

묻지도 않았는데 답을 하고 있다. 마치 미리 준비한 것처럼 말이다.

하지만 증거가 없으니 몰아세울 수도 없다. 그에 동칠은 일리얀을 한 번 쏘아보는 것으로 그쳤다.

일리얀은 솔직히 당황스러웠다.

황제 오테라스를 제외한 천하의 그 누가 자신을 업신여길 수 있단 말인가.

그러나 한편으로는 감탄하기도 했다.

'전에도 느끼고 슐터에게도 들었지만, 이자는 정말 대단한 배짱이 있다.'

모르니 용감한 것이었는데, 일리얀은 그걸 몰랐다.

걸핏하면 사형에 처해지고 고문을 받는 이 험난한 세상을 동칠은 잘 알지 못하는 것이다.

그러나 배짱이 두둑하다는 이유만으로 일리얀이 동칠을 너그럽게 봐주는 것은 아니었다. 그가 동칠에게 싫은 소리를 못하는 진짜 이유는 동칠이 바로 황제의 총애를 받는 자라는 점이었다.

이후에도 동칠은 이웃집 아저씨처럼 일리얀을 대했고, 그럴 때마다 일리얀은 진땀을 뺐다.

보다 못한 슐터가 동칠 곁으로 바싹 들러붙었다.

"동칠, 그래도 제국 최고의 마법사시오. 날 봐서라도 체면 좀 세워주면 안 되겠소?"

그때부터 동칠은 더 이상 이의를 제기하지 않았다.

그러자 마계의 환경보다 동칠의 태도가 더 곤혹스러웠던 일리얀은 슐터에게 가만히 다가가 조용히 귀띔을 했다.

"고맙네."

"별말씀을요."

과연 가는 길 내내 마족들은 보이지 않았다.

일전에 이곳을 지나쳐 왔다던 목격자의 안내를 따라 동칠 일행은 거침없이 앞으로 나아갔다.

목격자 또한 6서클의 마법사로, 제 몸 하나 지키기에는 부족함이 없는 인물이었다.

어느 순간 푸른 하늘처럼 청명한 색의 호수가 동칠 일행을 기다리고 있었다.

"저기였습니다."

점점 칙칙해져 가는 분위기에 짜증이 일던 동칠의 안색이 대번에 환해졌다.

"저기에 있는 것만 확인하고 가면 된다는 얘기죠?"

"그렇다네."

일리얀의 얼굴색도 매우 밝았다. 이제는 동칠에게서 해방이기 때문이다.

호수는 매우 맑아 그 바닥이 훤히 들여다보일 정도였다.
그런데 유심히 호수를 보던 동칠은 이상한 광경을 목격했다.
"어라? 새우밖에 없네. 저 이상한 눈 말고는……."
정말 다른 물고기는 없었다.
시신경이 달린 사람 머리보다 큰 눈들이 있기는 했지만, 그것들은 일체 움직이지 않았다.
한결 일이 수월해질 듯싶었다.
"저기서 헤엄치는 것들이 자네가 찾던 그것이 맞는가?"
일리얀의 질문에 동칠은 소리가 날 정도로 고개를 끄덕였다.
"네, 틀림없어요."
"시작하라."
노바 기사단장 바르체의 지시가 떨어지자 한 짐꾼이 등에 멘 광주리에서 삭은 가방을 꺼내었다.
그렇다고는 해도 그물이 들어가기에는 턱없이 작아 동칠은 미간을 찌푸렸다.
하지만 그 가방 안에서는 가방보다 훨씬 큰 부피의 그물과 밧줄이 끊임없이 나오고 있었다.
나머지 짐꾼들은 호수의 물을 열심히 퍼 다른 검은 가방 안에 들이붓기 시작했다.
동칠은 그것이 마법 가방임을 직감했다.

곧 그물에 미끼가 내걸려 짐꾼들의 손에 의해 호수 안으로 첨벙 빠졌고, 새우들이 냄새를 맡고 그물 안으로 모여들었다.

 그물의 틈새는 새우가 빠져나가기 충분한 공간이었으나, 슐터를 비롯한 마법사들이 각 줄을 붙들고 마법을 영창하기 시작하자 사정이 달라졌다.

 벌어졌던 틈새가 새우 한 마리 빠져나갈 수 없이 촘촘해진 것이다.

 짐꾼들이 거들어 끌어올린 그물의 입이 좁혀지며 새우들이 그 안에서 빠져나오지 못하고 파닥거렸다.

 그렇게 건져 올려진 새우들은 호수의 물을 퍼 담은 검은 가방으로 쏟아졌다.

 "더 건져야 하는가?"

 일리얀의 물음에 동칠은 생각 없이 대답했다.

 "많으면 많을수록 좋죠."

 몇 차례 그물을 더 던지고 나니 호수 안의 새우는 눈에 띌 정도로 줄어버렸다. 물론 애초에 새우가 그리 많지 않은 탓도 있었다.

 어쩐지 허전해 보이는 게, 호수한테 미안한 마음도 든다.

 동칠은 딴에 번식을 하라고 그쯤에서 그만두었다.

 "그만 가져가도 될 것 같아요. 나머지들은 새끼 치게 놔두죠."

"그럼세."

짐꾼들이 정리를 마친 후, 동칠은 떠날 채비를 서둘렀다.

"이제 돌아가면 되는 거죠?"

들뜬 마음에 왔던 길로 몸을 돌리려는데 일리얀이 어깨를 붙들었다.

"다시 갈 필요 없다네. 내 여기에 공간 이동 마법진을 만들지. 우선 자네가 있는 와룡반점 인근의 마법진으로 이동하기로 하지."

듣던 중 반가운 소리라 동칠은 더욱 기분이 좋아졌다.

이리 쉬울 줄 알았다면 그렇게 고심하지도 않았을 것이다.

머잖아 마법진은 일리얀에 의해 완성되었다.

저 복잡한 마법진을 후딱 만드는 걸 보니 동칠이 생각하기에도 크루거 제국 최고의 마법사라는 말은 과장이 아닌 듯했다.

동칠과 일리얀이 가장 먼저 출발했고, 슐터와 롯테는 마지막까지 남아 있었다.

슐터에게는 흔적을 지울 의무가 따랐던 것이다.

"별일 없겠죠?"

롯테의 질문에 슐터는 군데군데 정령석과 마나석을 놓아두며 고개를 끄덕였다.

마지막으로 두 사람이 떠나는 그 순간, 마법진은 정령석과 마나석과 함께 산산이 부서져 가루가 되어 흩날렸다.

※ ※ ※

"아픈 자는 치료받으시오! 대가는 받지 않겠소!"

가난한 마을 앞에서 한 마법사가 끊임없이 외쳤다.

그런가 하면 맞은편에서는 다른 호객꾼이 산더미처럼 빵을 쌓아두고 소리쳤다.

"먹을 것이 부족한 이는 이쪽으로 오시오!"

벌써 반나절이었다.

그런데도 사람들의 줄이 끊이지 않는 건 무료 봉사대가 이쪽에 떴다는 소문을 듣고 인근의 마을 사람들까지 몰려든 까닭이다.

빵을 나눠주던 이는 용케도 지금 차례의 걸인을 알아보았다.

"당신, 벌써 세 번째로군. 인심이니 원하는 만큼 가져가시구려."

걸인은 깜짝 놀라더니 자신이 들 수 있는 만큼 빵을 안아 들었다.

그 후한 인심에 사람들의 표정 또한 밝아졌다.

멀리서 그를 지휘, 감독하는 페노멘은 저도 모르게 코끝이 찡해졌다.

그러나 자신을 향한 수하들의 시선 또한 의식하지 않을 수가 없었다.

"쩝."

동칠은 페노멘 자신조차 감당 못할 정도의 거액을 위탁해 왔다.

두루마리에 적혀진 대로 이러이러한 방법으로 사람들을 돕고 싶으니 바쁜 자신을 대신해 힘을 써달라는 뜻이다.

그 일환 중 하나로 한쪽에서는 인부들에 의한 공사가 한창이었다. 무너지는 집을 보수하거나 아주 오래된 집은 새로 짓는 것이다.

절망에 지쳐 가던 사람들도 다가온 희망 앞에 밝게 웃을 수 있었다.

페노멘 자신에게는 저렇게 힘든 시절이 없었다. 그는 날 때부터 귀족이었으므로.

그런데도 불구하고 가슴 뭉클해지는 이 감동은 무어란 말인가?

자신이 베풂으로써 남들이 감동하고 고마워하는 게 이렇게 큰 즐거움을 안겨 줄지는 몰랐다.

갑자기 채 10살도 되지 않아 보이는 소녀와 그보다 더 어려 보이는 소년이 때로 얼룩진 얼굴을 하고서 달려왔다.

소녀는 오자마자 누가 말릴 틈도 없이 페노멘의 소매를 잡고 울어댔다.

"잊지 않을게요."

그 옷에 얼룩이라도 질까 염려한 페노멘의 수하가 소녀를 뜯어말리려는데, 페노멘이 그를 제지하고서 소녀에게 물었다.

"뭘 잊지 않는다는 거지?"

"아저씨 은혜요."

하마터면 페노멘의 눈에 왈칵 눈물이 차오를 뻔했다.

'왜 이렇게 내가 약해지고 있는 걸까?'

얼음 같던 심장이 녹아내리는 것 같았다.

하지만 무언가 따스한 기분이 나쁘진 않다.

이러한 현상에 이유가 있다면, 저 거지와 같은 인간들에게 동화되어가고 있는 탓이었다.

자신 또한 우물 안 개구리였다.

권력과 부, 욕심은 있었어도 그 반대의 상황은 체험하지 못했다.

그리고 형편없으리라 생각했던 이런 곳에 이렇게 많은 감정들이 살아 숨 쉴 줄은 몰랐다.

"네가 가장이냐?"

무심한 음성에 소녀가 연신 눈물을 훔치며 고개를 끄덕였다.

파리가 꼬여 들어도 이상하지 않을 냄새나는 머리카락이었지만, 페노멘은 정에 이끌려 그 머리카락에 손을 대고 소녀를 살포시 끌어안았다.

"내게 은혜를 느낄 필요 없다. 네가 형편이 될 때 궁핍한 사람에게 밥 한 끼라도 사주면 된다."

페노멘은 자신이 말하고도 어색함이 남아 있었다. 전혀 어울리지 않는 대사를 읊고 말았잖은가.

그런 멋없는 말에도 소녀는 크게 감동했는지 작심을 하고 고개를 끄덕였다.

"꼭 그렇게 할게요."

더 있고 싶어 하는 눈치였지만, 페노멘은 품에서 소녀를 떼어놓았다.

"부족한 게 있다면 이 아저씨를 찾아오려무나. 바센 왕국의 페노멘이라고 한다."

페노멘이 감정을 억제 못하고 정체를 밝힘에 있어 앙증맞고 귀여운 입술들이 움직였다.

"페노멘."

"페노멘."

페노멘은 자신도 모르게 미소를 짓고 있었다.

공사가 다 끝나고, 페노멘이 수하들과 영지에서 데려온 일부 영지민들을 이끌고 다른 마을로 이동할 때가 되자 어김없이 여기저기서 울음소리가 들려왔다.

"감사합니다, 어르신."

"정말 감사합니다."

허리가 아프지도 않은지 수없이 숙여 대는 게 하나같이 고마움을 못 잊어 하는 눈치였다.

그제야 비로소 페노멘은 깨달았다.

세상엔 훨씬 많은 인생들이 있으며, 그 인생들은 조금만 받쳐 주면 훨씬 가치가 있어진다는 것을.

페노멘뿐 아니라 그 수하들과 영지민들도 보람이 느껴졌는지 뿌듯한 표정이 적지 않았다.

또한 자신들의 주군에 대한 충성심과 존경도 더 크게 부풀어갔다.

이런 영주님이라면, 이런 주군이라면 목숨을 바쳐도 아깝지 않다는 생각이 모두에게 머물러 있었다.

그러나 그건 페노멘만이 아니었다.

바센의 귀족들이 동칠의 뜻을 받잡고 도처에 널려 있었다.

동칠이 시시때때로 감시자를 보낸다고 하였으니 한눈을 팔 새도 없다.

물론 어딘가에는 돈을 뒤로 빼돌리는 귀족이 있을지도 모른다. 하지만 페노멘 자신은 결백했다.

그는 진심에서 우러나오는 마음으로 동칠의 뜻을 거행하고 있는 것이다.

동칠이 이 계획을 세운 건 자신이 악인으로 지목된 이후부터였다. 죄책감을 덜고자 자선사업을 계획한 것이다. 그것도 자신을 익명으로 하라는 명과 함께.

물론 페노멘조차 이에 얽힌 속사정은 알지 못했다.

❋ ❋ ❋

 그즈음 삼식의 명성도 드높아졌다.
 흉악한 몬스터와 악한들을 물리치는 용감무쌍한 이.
 철부지 어린아이들은 그를 정의의 삼식이라고 불렀다.
 하지만 그것은 삼식이 바라던 바가 아니었다. 그는 어린아이들에게 영웅으로 떠받들어지고 싶었던 게 아니라 뭇 여성들의 마음을 설레게 하고 싶었다.
 "꺼져 버려, 쓰레기들!"
 삼식이 엉덩이를 뻥 찬 불한당들은 꽁무니가 빠져라 도망을 갔다.
 그러나 도움을 요청했던 두 여인들도 삼식에게서 도망을 치고 있었다.
 "얼레?"
 이반은 전적으로 그 원인이 삼식에게 있다는 걸 알았다.
 '네놈의 방정맞은 입을 탓하려무나. 그렇게 말해도 못 알아듣고. 쯔쯧.'
 삼식은 제법 곱상했던 아가씨들에게서 미련을 떨치지 못하고 그녀들의 뒷모습을 향해 소리쳤다.
 "이봐, 아가씨들! 고맙다는 인사 정도는 해야 하잖아!"
 그 즉시 인사가 나오긴 했다.
 "고마워요."

"잊지 않을게요."

하지만 여전히 돌아보지도 않고 내달리는 여인들.

삼식의 입에서 아니나 다를까 불평이 흘러나왔다.

"확 구해주지 말 걸 그랬네."

삼식에게 여자가 꼬여 들지 않는 게 이반은 다행이라 생각했다. 혹여 녀석과 눈이라도 맞는 여자가 생긴다면 오토바이 뒷자리를 더 이상 자신에게 내주지 않을지도 모르니까.

그래도 이반은 제자에 대한 관리를 소홀히 하지 않아서 여정 중에도 수련은 계속 이어지고 있는 중이었다.

막 삼식이 이 마을에 미련을 버리고 오토바이에 시동을 걸려던 때였다.

한 여인이 가슴골이 깊게 파이고 허벅다리가 훤히 보이는 야시시한 옷을 입고 삼식의 오토바이 앞에 섰다.

"자기 정말 강하다. 우리 돈 좀 벌어볼래?"

첫눈에 봐도 좋은 의도로 접근한 것 같지는 않았다.

삼식도 이반과 비슷한 기분이 들긴 했지만, 그는 여인의 몸매에 눈이 팔려 있었다.

얼굴은 그다지 예쁜 편이 아니나 그 뇌쇄적인 포즈와 풍만한 가슴, 그리고 궁둥이는 삼식의 정신을 송두리째 뒤흔들어놓았다.

황소처럼 씩씩 콧김을 내뿜는 삼식을 대신해 이반이 그녀에게 침을 튀기며 소리쳤다.

"꺼져, 이년아!"

"당신이 누군데 그래?"

"떽! 이놈 할아비다!"

그녀도 자존심은 있는지 얼굴을 확 구기며 돌아섰다.

"흥, 별꼴이야."

그에 삼식이 아우성을 쳤다.

"아, 스승! 왜 그래? 왜 남의 청춘사업을 방해하는데!"

"저런 년이랑 놀아나다가 몇 달 안에 죽고 싶은 게냐?"

바트리어스가 말한 1년. 그게 벌써 몇 개월 앞으로 다가와 있었다.

삼식은 침을 꿀꺽 삼켰다.

아직 자신은 청춘이다.

정말 절세미인이라면 몇 달 청춘을 불사르고 죽어도 전혀 억울하지 않겠지만, 저 정도의 여자라면 어쩐지 후회가 될 것 같았다.

결국 삼식은 씁쓸한 기분을 안고 손잡이에 손을 얹은 채 억울함을 토로했다.

"스승, 나 이러다 총각 귀신으로 죽는 거 아닐까?"

"죽긴 왜 죽어, 이놈아! 마왕만 물리쳐 봐라. 넌 부와 명예를 움켜쥘 것이고, 온 세상 여자들이 벌 떼처럼 달려올 거다. 절세미인들이 서로 안아달라고 조를 텐데 그새를 못 참느냐?"

귀가 얇은 탓에 삼식의 입은 곧 귀에 걸렸다.
"그렇겠지?"
"그럼~"
"사실 나도 예전엔 불안했던 게 사실이야. 그땐 이렇게 강하지 않았잖아. 하지만 지금 상태라면 마왕하고 싸워볼 만도 한 것 같아. 근데 녀석이 내가 서 있는 도시를 날려 버리면 어떡하지?"
이반은 삼식의 해묵은 걱정을 덜어주었다.
"그러진 못할 거다. 그랬다간 마왕도 사라질 테니까."
"오, 그게 또 그렇게 되네."
전에 없는 자신감을 보이는 삼식!
요 근래 적수를 찾아보지 못했으니, 어쩌면 당연한 결과일 수도 있었다.
"확실히 내 적수는 이 세상에 없는 듯해. 마왕 정도는 되어야 하나 봐."
이반은 어처구니없는 삼식의 말에 묵비권을 행사했다.
'그래, 기한이 얼마 남지 않았으니 자신감을 북돋아주는 게 좋겠지.'
딱 한 명, 삼식의 뇌리에 걸리는 대상이 있었다.
바로 동칠의 탈을 쓴 악마였다.
"지금 수준이라면 당연히 내가 이겼겠지?"
"그게 무슨 소리냐?"

이반이 의문을 제기하자 삼식은 지지대를 내려 오토바이를 쓰러지지 않게 고정시키고서 이반을 마주 보고 섰다.

그리곤 과거 보았던 동칠의 시늉을 내보았다.

"자, 봐. 이러면 사람이 이쪽으로 날아가. 또 이러면 사람이 저쪽으로 날아가고."

"집어 던지는 것이냐?"

"아냐, 손도 대지 않았는데 날아가. 한 이 정도 거리쯤에서 그랬으니까."

삼식이 멀찍이 떨어져 보이자 이반이 지레짐작하고 물었다.

"중력을 덜어 날리는 마법이냐?"

"아냐, 나중에 마법사를 만나 물었는데 마법은 아니래. 마법은 영창을 해야 한다던데? 그냥 팔을 젓는 것만으로 날아갔다니까."

이반은 지그시 눈썹을 모았다.

'마법이 아닌 힘으로 사물을 움직인다?'

의문을 품고 다시 물었다.

"크기엔 관계가 없고?"

"응, 아콴만 한 애도 날렸지. 아, 훨씬 더 큰 덩치도 들어올렸고. 또 채찍도 찢어버렸는데, 더는 못 봤지."

삼식은 무서워서라고 하려다 뒷말을 쏙 빼먹었다.

통 모르겠다는 듯 이반은 고개를 가로저었다.

"글쎄, 직접 봐야겠구나. 사람이 날아다닌다는 것도 이해하기 힘들고."

"아니, 날아다닌다기보다는 그냥 붕 떠서 처박힌 거야."

"그럼 삼식이 네가 이기겠구나."

그 말에 삼식은 더한 자신감을 얻었다.

가장 큰 콤플렉스가 바로 동칠의 탈을 쓴 악마였기 때문이다.

얘기를 마친 삼식이 다시 오토바이에 타려던 순간이었다. 검은 그림자가 빠른 속도로 다가와 삼식 앞에 멈춰 섰다.

다크 엘프였다.

"삼식이 님."

불리는 호칭이 마음에 들지 않았는지 삼식이 정리해주었다.

"삼식 님이라고 불러."

"네, 삼식 님."

"그래, 용건이 뭐야?"

거만한 태도로 묻는 것에도 아랑곳 않고 다크 엘프는 고개를 깊이 숙여 보였다.

"삼식 님을 보고 싶어 하는 분이 계십니다."

"나를? 그게 누군데?"

"그리운 형님이라고 말씀드리면 아실는지?"

삼식은 뚱한 얼굴을 저었다.

"내가 그리워하는 형님은 없어."

다크 엘프는 잠시 당황했으나 곧 가느다란 한숨을 내쉬고는 자신의 말을 정정했다.

"단도직입적으로 말씀드리죠. 마잔베르크 님이 찾으십니다."

삼식은 잠시 멍해졌다.

한때 그는 자신의 우상이었다.

그러나 지금은 아니다. 소질 없다고 자신을 내팽개치고 떠난 그를 어떻게 좋게 볼 수 있겠는가 말이다.

적어도 이렇다 할 말 한마디 남기고 떠났다면 이렇게 미워하진 않을 것이다.

삼식의 고개가 내려갔다.

더불어 머리카락의 그늘에 눈이 어두워지고 입에선 냉소가 머금어졌다.

"그런 형님 둔 적 없다."

다크 엘프는 당황하는 기색이었다.

"넵?"

"그런 형님 둔 적 없다고! 가서 전해. 보고 싶은 생각은 아예 없다고, 내 눈에 띄면 가만두지 않을 거라고 하란 말이다!"

다크 엘프는 차마 불쾌해진 기분을 내색할 수 없었.

감정이 격해진 삼식의 몸에서 마나가 폭발할 듯 뿜어져 나왔기 때문이다.
 '이, 이건 대체…….'
 아연함을 안고 그는 서둘러 자리를 떠났다.

적막하던 호숫가에 느닷없이 광풍이 휘몰아쳤다.

거대한 발소리는 지축을 뒤흔들기에 전혀 부족함이 없었다.

쿵. 쿵. 쿵.

대지가 찢어질듯 비명을 질러댔고, 공기 중으로 괴상한 소음이 번졌다.

끼아아아아아아아.

산만 한 육신을 등지고 마령들이 유유히 따라오며 내는 소리였다.

한 번의 발걸음에 땅이 움푹움푹 파였다.

기이하게도 파였던 땅은 오므라들며 금세 제 형태를 찾아갔다.

 그 같은 일이 가능한 건 이곳이 보통의 땅이 아닌, 마계의 땅이기 때문이었다.

 호숫가에 다다른 거체가 서서히 숙여졌다.

 그으으으~

 짙푸른 육신은 잘 갈린 강철처럼 번들거렸다.

 신체 여기저기에 기형적으로 날카롭게 솟아난 칠흑의 금속은 갑주가 아닌 그 몸의 일부였다.

 "모오오오."

 집 한 채쯤은 가볍게 들 수 있을 만한 양 손바닥이 조심히 호수에 내려졌다.

 철벅철벅.

 거대한 손이 담기니 수면이 높아져 넘칠 듯 말듯하다.

 새우들이 그의 손으로 모여들었다. 손의 표면에 붙어 있는 양질의 미생물들을 먹기 위해서다.

 이마로 외뿔이 솟아 있는 흉포한 외모와 어울리지 않게 그 인상이 자애로워졌다.

 "마모라크스."

 마모라크스는 동칠이 새우라 부르던 이것들의 별칭이었다.

 그의 얼굴이 굳어지기 시작한 것은 뭔가 석연찮은 구석을 발견하고서부터였다.

"1, 2, 3…57."

크게 떴던 눈이 얄팍해졌다.

두두두둑.

이가 갈리는 소리마저 육식동물의 뼈가 끊어지는 소리처럼 섬뜩하다.

분명 동칠들이 놔두고 간 새우는 그보다 많았다. 그런데도 고작 57마리밖에 남지 않은 이유는 새우들이 외부의 침입에 스트레스를 받아 죽어버린 탓이다.

그는 손가락 사이를 벌려 새우들을 흘려보냈다. 그리고 수면 깊은 곳까지 팔을 집어넣었다.

뚜두둑.

이윽고 시신경이 달린 안구가 억척같은 힘에 못 이겨 뿌리째 그 손에 뽑혀 나왔다.

안구는 그 손의 주인에게 자신의 홍채로 이곳에 있었던 일을 자세히 보여 주었다.

인간들이 웃으며 그물을 내려 마모라크스들을 건져 간 상황 그대로를 전한 것이다.

분을 머금은 손이 오그라들었다.

피픽. 꾸국.

압력을 가할수록 안구의 핏발이 두드러지고 새까만 홍채가 팽창되다가 급기야…

퍼석!

터져 버렸다.

끈적끈적한 액체가 손을 더럽혔지만, 그는 그 불쾌함보다 하찮은 인간들이 자신의 애완동물을 훔쳐 가고 죽게 만든 것에 분노했다.

대기 중의 공기도 그에 긴장을 했는지 미세하게 떨렸다.

그가 여기에서 마모라크스들을 키운 건 마계의 중심부와 떨어진 이곳이 마기로부터 안전한 장소이기 때문이다.

거체의 주인, 바이돈크라우스가 천천히 일어섰다.

아직 양질의 식사로 배를 못 채운 새우들이 표면으로 떠올랐지만, 마왕 바이돈크라우스는 녀석들에게 식사를 제공할 기분이 못 되었다.

손이 대기를 살피고 있었다.

그러자 공기와 뒤섞여 풀풀 날리던 이타적인 먼지가 한 점씩 모여들었다.

그 성질은 확실히 마계의 것이 아님을 증명해주듯 먼지와 결정체들이 차곡차곡 한자리에 모이며 족적을 되새기기 시작했다.

그것은 일리얀이 만들었던 마법진이었다.

분명 대마법사 슐터가 깨어 흩어버린 것인데, 바이돈크라우스의 힘에 의해 이렇게 다시 모이고 있었다.

바이돈크라우스는 그 위에 짙푸른 손을 가져다대었다.

후와와악!

순간, 마법진이 붉은빛을 내며 산화했다.

삽시간이었지만 그는 모든 걸 읽어낼 수 있었다.

이 마법진에 올라선 이들이 누구이며, 그들이 어느 점으로 향했는지까지.

※ ※ ※

짐꾼들은 저마다 들떠 있었다.

동칠이 직접 요리 대접을 하겠다고 공헌했기 때문이다.

다만 높으신 분들과 함께 앉을 순 없기에 야외에서도 가장 구석자리를 안내받았다.

"자장면 한번 먹어보는 게 소원이었는데……."

"하하, 살다 보니 이런 날도 오네."

미리 놓인 젓가락을 만지작거리며 좋아하는 사람들. 그들은 어서 빨리 음식이 나오기만을 기다렸다.

한편, 궁정 수석 마법사와 노바 기사단장, 그리고 슐터와 롯테 등은 홀의 자리를 권유받았다.

이미 영업을 개시한 마당이고, 드워프들도 주로 레어에 거주하고 있었기에 내릴 수 있는 결정이었다.

일리얀과 바르체는 체면 탓에 내색하지 않고 있었지만, 안의 집기들은 신기한 것투성이였다.

돌연 일리얀이 슐터에게 정색을 하며 물었다.

"확실히 지우고 왔겠지?"

슐터가 그 뜻을 어렵지 않게 헤아리고는 대답했다.

"물론입니다."

"크흠."

마법사 부류보다 더 말수가 적은 건 기사 부류였다.

바르체와 롯테는 할 말이 없는지 계속 침묵만 지켰고, 수군대는 건 전부 와룡반점의 종업원들이었다.

"내 눈으로 노바 기사단장을 보게 될 줄이야……"

"저도 놀랐습니다."

종업원들은 무척 경외하는 눈빛으로 그를 보고 있었다.

예전 롯테 부기사단장을 볼 때와는 사뭇 달랐는데, 그의 존재는 기사의 길을 걷는 많은 이들의 정점과도 같았기 때문이다.

데몬은 데몬대로 일리얀에게 눈이 팔려 있었다.

'8서클의 마법사……'

아무리 노력을 해도 이룰 수 없는 경지였다.

저 정도면 얼마만큼의 연산 능력이 필요한지, 가슴에 담은 호문쿨루스가 어느 정도 크기인지 가늠조차 할 수 없었다.

서로가 존경의 시선을 느끼는지, 일리얀과 바르체는 한층 더 행동에 무게를 실었다.

그러나 종업원들과 데몬은 그들이 어디까지나 인간이었기에 놀라는 것이다.

이 와룡반점엔 저들보다 더한 거물들이 숨어 있지 않은가!

짓궂게도 그중 둘이 홀에 발을 들여놓고 있었다.

"뭐지? 그 녀석, 벌써 돌아온 건가?"

"그런가 보군."

붉은 머리칼 사내의 말에 응답하는 은색 머리칼의 사내.

그들이 레드 드래곤 페라쿠스와 실버 드래곤 이브릴이라는 사실을 아는 종업원들은 조마조마했다.

페라쿠스는 한쪽 자리를 잡고 의자를 빼어 거만하게 다리를 꼬고 앉았다.

그 맞은편에 이브릴이 앉았을 때, 페라쿠스는 검지를 떨어가며 턱을 두드리다 호기심을 내비쳤다.

"우리도 자장면이라는 거 한번 먹어볼까? 궁금하지 않냐, 어떤 맛인지?"

이브릴은 관심이 없는지 아무 말도 않았다.

이 안의 시선들이 온통 자신에게 쏠려 있는 걸 아는지 모르는지, 페라쿠스는 자신과 시선을 마주쳐 움찔한 율카스에게 큰 소리를 쳤다.

"얌마!"

"네, 네?"

"이리 와봐!"

주눅이 든 나머지 율카스는 고개를 숙이며 총총걸음으로도 신속하게 다가왔다.

"부르셨어요?"

그의 다소곳함에도 불구하고 페라쿠스는 일방적으로 성질 내듯 얘기했다.

"자장면 하나 가져와봐."

그 태도에 기분이 나쁜 건 동칠에게 초대받은 모두였다.

특히나 일리얀은 그를 곱지 않은 시선으로 지켜보았다. 그리고 눈짓으로 가까이 있는 보덴을 불러 나지막하게 물었다.

"저들은 누구인가?"

급작스런 질문이었지만 보덴은 가까스로 둘러댔다.

"저희 사장님의 친구분들입니다."

핑계가 좋았다. 일리얀은 저자가 안하무인이라고 말하려다 참았으므로.

혼자서 전세라도 낸 것인지, 얼결에 동칠의 친구로 지목된 페라쿠스는 다시금 큰 목소리로 말했다.

"아, 동칠이 만드나? 내가 먹어본다고 하나 만들어달라고 해!"

율카스는 돌아서며 속으로 투덜거렸다.

'칫, 사장님하고 친하지도 않으면서……'

돌연 페라쿠스의 입가에 싸늘한 미소가 번졌다.

"야."

"네?"

"입 밖에 내지 않는다고 모르는 거 아니다. 이번만은 눈감아줄 테니 조심해라."

화들짝 놀란 율카스는 허리를 꾸뻑 숙이고 주방으로 달아나듯 뛰었다.

머잖아 식사가 선반에 내어져 왔다.

하지만 최초의 자장면은 율카스의 손에 의해 페라쿠스의 테이블로 놓아졌다.

일리얀과 바르체, 그리고 슐터 외 대마법사들로서는 기가 찰 일이었다.

먼저 온 것도 자신들이요, 더 중한 손님도 자신들일진대 왜 저자의 테이블에 먼저 음식이 놓인단 말인가?

불쾌함이 잔재하는 일리얀 일행의 테이블에도 곧 음식들이 놓아졌으나, 누구도 기분 좋게 젓가락을 들지 못했다.

그 와중에 슐터와 롯테는 이브릴을 의식하고 있었.

페라쿠스는 주변에 아랑곳 않고 자장면을 비볐다.

젓가락질도 능숙했다. 사람들의 젓가락질을 눈여겨보았던 것이다.

막 한 젓가락을 입에 넣은 페라쿠스는 부풀린 볼을 하고 이브릴을 보며 이맛살을 찌푸렸다.

"별로냐?"

"후회할 거다, 너!"

말은 그것으로 끝이었다.

입 주위가 까맣게 변해가는 것도 모르고 페라쿠스는 신들린 듯 자장면을 입에 넣기 시작했다.

 바로 그때였다.

 "끄르르, 꽉꽉!"

 조개가 가득 든 자루를 메고 오크가 나타났다.

 그가 현관문까지 다가올 수 있었던 건, 페라쿠스와 이브릴이 로드의 심기를 불편하게 하지 않으려 힘을 숨기고 있었기 때문이다.

 오크의 외침은 화염의 산 이스테라의 주인의 심기를 크게 거슬렀다.

 입안의 자장면을 한 번에 넘기며 페라쿠스는 벌떡 일어서 으르렁거렸다.

 "이 어르신 식사하시는 데 어디서 오크 새끼가!"

 와룡반점의 분위기는 점점 이상해져만 가고 있었다.

6권에 계속